图书在版编目（ＣＩＰ）数据

大山里的小黑板 ／ 徐虹雨著．－－ 长春：吉林文史
出版社，2019.7（2023.1重印）

ISBN 978-7-5472-6526-0

Ⅰ．①大… Ⅱ．①徐… Ⅲ．①报告文学－中国－当代
Ⅳ．① I25

中国版本图书馆 CIP 数据核字（2019）第 171449 号

大山里的小黑板
DASHAN LI DE XIAOHEIBAN

著　　者：徐虹雨
责任编辑：钟　杉　王　新
封面设计：四川悟阅文化传播有限公司
出版发行：吉林文史出版社有限责任公司
地　　址：长春市净月区福祉大路 5788 号　　邮编：130118
电　　话：0431-81629363（总编室）　　0431-81629372（发行科）
网　　址：www.jlws.com.cn
印　　刷：三河市嵩川印刷有限公司
经　　销：全国新华书店
开　　本：210mm×145mm　1/32
印　　张：8.75
字　　数：189 千字
版　　次：2020 年 1 月第 1 版　2023 年 1 月第 2 次印刷
定　　价：49.80 元
书　　号：ISBN 978-7-5472-6526-0

印装错误可与印刷厂联系退换。

前　言

　　这是大山深处的课堂。

　　湖南省常德市石门县皂市镇岳家铺村农家小院里，一张课桌，几本书，一块黑板，一双渴望知识的眼睛。

　　在中国不少地方，还有许多这样相似的课堂。

　　2018年2月9日，湖南省教育厅下文：加大对特殊儿童少年关爱力度，全面实行一人一策和送教上门，努力让每个孩子都能享有公平而有质量的义务教育。

　　这样的课堂，其实并不是一个人的课堂，而是所有人的课堂。

　　不同的人，在这里有着不一样的收获。

尚学的文化底色

唐湘岳

　　沅澧大地尚学之风源远流长，薪火相传。车胤囊萤、断齑画粥、丁玲纤笔、燕园伯赞，皆是常德尚学典范。今读虹雨新作《大山里的小黑板》，我认为是对这片神奇大地当代尚学的新注解。

　　山路弯弯。每个星期四，石门县皂市镇中心学校九位教师轮流义务送教上门。教室是学生杨帆家简陋的堂屋，学生只有一人。当有偿补课被大家习以为常，这个义务补课的故事显得尤为珍贵，犹如清风吹走雾霾，诠释了教育的真谛，更为"尚学"古风注入了新韵。

　　2018年1月，我和虹雨踏寻弯弯山路，走进杨帆的家，走进这支送教小分队，将这个故事通过《光明日报》的平台告诉了全国的读者。

虹雨没有满足新闻带来的效应。她从孩子渴望的眼神与老师慈爱的目光中感悟到更多的东西。于是，就有了这本长篇报告文学——《大山里的小黑板》。

这本书，用情加盖上了"尚学"的"常德印"。

这本书似乎只写了一堂课。但课里有课，故事里有故事。不仅仅是患病女孩杨帆一个人的课堂，更是许多人的课堂。

好的故事，触及心灵，引起共鸣。虹雨的笔不仅聚焦送教教师和受惠学生，更跳出石门送教这一事件，从读者的集体回忆中树立起好老师群像，并从石门大山的课堂引出上海、河北、四川、安徽、云南等无数小课堂。感动具有神奇力量。好教师教出好学生，好教师、好学生影响全社会。

在书中，虹雨不仅仅呈现了个体小感动，还呈现了这些小感动汇聚成的社会大感动。字里行间，传递出教育的目的：温暖心灵，唤醒灵魂，传承责任。

《大山里的小黑板》这本书，是我为虹雨提笔写序的第三本书。从2012年出版常德文化寻根散文集《名城之恋》，到2018年出版新闻作品集暨报告文学集《春天的脚步深深浅浅》，再到手边的这本报告文学《大山里的小黑板》，我看见了虹雨一路走来的艰辛与坚定，还看见了人文荟萃的常德越来越生动的表情。

在新闻工作中，我遇到了许多良师益友。在我的合作伙伴中，虹雨无疑是佼佼者。她勤奋，她聪颖，她不怕困难，一路歌唱。"人生的路，是一条行走在春天里的路，道路坎坎坷坷，脚步深深浅浅，但是沿途鲜花绽放。那些曾经打动我们的人与事，那些曾让我们深情讴歌的美好与感动，便是沿途最美的风景。"这段话，其实是虹雨用脚步、用心灵、用文字记录下来的感悟。

最后，祝愿"尚学"成为我们共有的精神底色；祝愿更多的人在阅读此书后能够找回职业的初心；祝愿杨帆家的小课堂能够薪火延续；祝愿虹雨在新的人生征程上遇见更多更美的鲜花，并将之化为美好的文字，呈给读者。

以此为序。

（唐湘岳，光明日报社领衔记者，新闻作品曾七次获得中国新闻奖，个人获得长江韬奋奖，是全国思想文化系统"四个一批"人才首批入选者，首批中宣部、教育部"卓越新闻传播人才教育培养计划"入选教师，享受国务院特殊津贴的专家）

目录
CONTENTS

第一章

希望的课堂
——生命对生命的承诺

大山里的课堂
是一盏灯
一盏希望的灯
照亮无助孩子求索的眼睛
"只要你能坚持,我们就送教上门"
这是生命对生命庄重的承诺

第二章

传承的课堂

——长大后我就成了你

大山里的课堂
是一把火
一把传承的火
将责任接替并紧紧相握
"长大后我就成了你"
这是义务送教老师最动情的诉说

第三章

温暖的课堂

——记忆彼岸的身影

大山里的课堂
是一扇窗
一扇温暖的窗
镌刻着记忆深处三尺讲台的奔忙
"没有老师的关怀，就没有我的今天"
这是长大后的学童对恩师最真情的告白

第四章

觉醒的课堂

—— 我愿如火融化坚冰

大山里的课堂

是一面镜子

一面觉醒的镜子

照得见平庸与伟大的距离

"做温暖的教育，如火，融化坚冰"

这是为人师者最有力的领悟

第一章　希望的课堂

——生命对生命的承诺

大山里的课堂
是一盏灯
一盏希望的灯
照亮无助孩子求索的眼睛
"只要你能坚持，我们就送教上门"
这是生命对生命庄重的承诺

2018年1月25日，星期四。

湖南常德石门县皂市镇岳家铺村15岁女孩杨帆的家。

堂屋里，一张课桌，几本书，一块黑板，一盆炭火，一个老师，一个学生。

农家小院的课堂，传出琅琅读书声。

"长风破浪会有时，直挂云帆济沧海……"

"杨帆，这句诗，不仅仅是一个国家历史的写照，也是一个人命运的写照。中国的历史，经历了多少波折，但是我们始终不失去信心，推动着中国历史一步步曲折前行。你看，中国现在的变化多大啊。人也一样，不要失去信心。老师希望你能够像你的名字那样，扬起希望的风帆，总有一天，你也会直挂云帆，乘风破浪！"历史老师胡寒松微笑着望着女孩。

女孩身患格林巴利综合征，肢体感觉障碍，腿脚无力。

一副拐杖正靠墙角站着，静静地聆听。那是女孩身体的支撑。

农家小院，星期四，九位任课老师轮流送教上门的义务辅导课堂，便是女孩精神的支撑。

从2017年秋季学期开始，每周四的美好约定，未曾中断……

崎岖的山路

历史老师对杨帆进行义务辅导

一条弯弯的山路，长达十几多公里。

路的一端是湖南省常德市石门县皂市镇岳家铺村15岁女

孩杨帆的家，一端是皂市镇中心学校。

石门县是老、少、边"三区"县，也是革命老区和湘鄂西苏区重要区域，是红二、六方面军等革命先烈曾捍卫江山、浴血奋战过的红色土地。位于石门县境内的皂市镇中心学校，是一所山区学校。它管辖1所中学、3所完小、3所"麻雀"学校、5所幼儿园，还有一些零星散落在大山深处的送教上门农家课堂授课点。其中，海拔最高的"麻雀"学校建在海拔1100米的覆罗山，是学生最少的农家课堂授课点，也是患病女孩杨帆的家。

2018年1月25日，星期四。杨帆清早就在家门口盼着。

车轮碾过路面的声音，在空旷的山林间远远传了过来。声音越来越近，透过结满橙子的果树林，杨帆的母亲杨书芳望见了那辆熟悉的白色小汽车，就好像望见了希望。"老师就快到了。"母亲走进堂屋，告诉正在一边看书一边等待着的女儿。

堂屋里，一张课桌，几本书，一块黑板，一盆炭火。农家小院的第30堂课，将要开课。

一

杨帆曾是皂市镇中心学校一名八年级学生，2016年突然在教室晕倒，医生确诊为格林巴利综合征，主要症状是肢体各种感觉障碍，腿脚无力。从那年开始，杨帆踏上了艰难的求医之路，求学之路不得不中断。

从石门到常德，到长沙，再到石家庄，父母一路带着杨帆，为了治病越跑越远。

从医院回来，车子只能开到家附近的水泥路旁，剩下的近三公里弯弯曲曲的石子山路，只能靠脚步丈量。

腿脚无力的杨帆只能靠背、靠抱、靠抬，慢慢回到家里。

山路上大小不一的碎石，磕得杨书芳的脚直疼。比脚更疼的是心。

家门前果园里的橙子绿了，红了，采摘了。一年过去了。

杨帆的妹妹背着书包上学了，放假了。一个学年过去了。

树上的蜜蜂在果园里自由地飞来飞去。家里的鸡跳出院子，在石子路上飞奔。石子路上，自行车车轮碾过，跑向远方。一只大黄狗追着自行车车轮，向前奔跑。

为什么它们能飞、能跑、能跳，而自己……捶打着自己没有知觉的双腿，杨帆发脾气，拿出曾经的课本想使劲扔出去，无力的手却垂落下来，课本掉在脚背上。艰难地将书捡起来，心疼地拂去尘埃，杨帆哭了："妈，我要上学！"

"孩子，等你能够走路了，妈就送你去上学。"杨书芳抱着女儿安慰。

可是女儿何时能够重返校园呢？杨书芳的心里完全没有底。

"妈，您快来扶我，我要加强锻炼，要尽快学会走路。"杨帆擦去泪水，恳求母亲。

杨帆的双臂下，一副拐杖做支撑。身旁，母亲有力的双手护佑。身后，奶奶的双手准备着，随时在杨帆即将摔倒的时刻扶上一把。

卧室里。院子里。院子外的石子路。路边的水塘旁。水塘不远处的41级台阶……杨帆的活动范围逐渐扩大。慢慢地，不用搀扶，杨帆可以依靠双拐独自行走了。

杨帆在亲人的搀扶下进行康复训练

2017年9月，又到了新学期。离开校园已经两个年头，杨帆再也等不及了，催促母亲赶紧带她去学校。

将女儿扶上摩托车，杨书芳启动发动机。车轮在坑坑洼洼的山路上碾过。杨书芳的心也如这脚下的山路，一路忐忑。她不清楚，女儿的求学之路还要经历多少坎坷。

"请再给小帆一次学习机会吧！"杨书芳搀扶着女儿，走进曾经熟悉的校园，向副校长向次玉请求。

"你放心，我们八年级任何一个班的教室都为她敞开。"面对母女俩的请求，向次玉连连点头。

杨帆曾经的同班同学已经成为高中生。学校决定让杨帆补上曾经落下的八年级课程。

八年级的教室全部在3楼。杨帆暗暗使劲，努力上楼，刚迈上第一级台阶，身体突然向后倒，向次玉与杨书芳赶紧上前，才将杨帆抱住。

杨帆拉着楼梯扶手，向楼上直望，眼里流出失望的泪来。

在一旁的副校长蔡代圣看到这一幕，心疼地说："只要你能坚持，我们就送教上门！"

送教时间：每周星期四。

送教地点：杨帆家。

送教老师：八年级八门学科的备课组长和心理辅导教师。

每周四，九位任课老师轮流送课到杨帆家。第一周心理课老师万亚芬送教上门，第二周语文老师江慧慧，第三周数学老师向绪忠，第四周英语老师付红姣……一个学期，每周的课都安排到人。

杨帆的家与学校，往返20多公里山路，学校职工邢承武主动担任送教上门的司机。

就这样，由十名教职工组成的义务送教小分队踏上了征程。

历史老师胡寒松与政治老师戴琳奔赴杨帆家

九位送教老师与送教司机合影

二

　　杨书芳站在果园旁，等待着那辆熟悉的白色小汽车慢慢靠近。

　　近10点，车停在杨帆家旁的一个水泥坪里，两名老师带着课件下了车。

　　第一堂是历史课。胡寒松走进堂屋，将打印的一叠历史学习资料递给杨帆。

"这是中国近代史进程的学习资料,方便你复习。这堂课我们讲讲北伐战争。"围着火炉,胡寒松翻开教材,正式上课。

政治老师戴琳则在另外一个房间,向杨帆的家人了解孩子的学习情况。

"小帆以前很悲观,整天躺在床上,现在变化可大了,自己制定了每天的课程表,按时学习、锻炼。你们送教上门,不仅仅给她送来了知识,更是送来了希望,送来了信心。"

杨书芳说着掀起烤火被,露出小桌子的一角,那里张贴着一张手写的课程表:星期一,早上7点到8点,健康锻炼;9点到10点,语文;10点到11点半,健康锻炼;下午2点半到3点半,电脑;下午4点半到5点,健康锻炼……从星期一到星期天,每天的课时都有明确的安排。

"小帆还坚持穿校服,感觉自己就是学校的一员。"杨书芳笑着说。

九位老师轮流义务送教上门,这曾是杨书芳想都不敢想的事情。皂市镇中心学校,老师的授课任务很重,近40名老师要负责全校529名学生,老师们平均每周上课25节,多的一周

要上27节课。

"我曾经也是一名老师,当了十多年的幼教老师。老师负责的学生那么多,怎么可能每个都顾得过来呢。"

让杨书芳一家人感激的是,每周四的约定,老师们从来不曾失约。

"前几天是冰雪天,老师们都做好了来的准备,还是我打电话让他们别上山了。"杨书芳还清楚地记得2018年1月4日,也是星期四,下了雪,山路结冰。

那天清早,杨帆望着窗外的冰雪,不安地对母亲说:"今天,终于要上课了,可是我希望老师来又不希望老师来。"母亲知道,女儿是担心山路打滑,老师在途中不安全。

杨书芳拨通副校长向次玉的电话:"路上结冰,你们就不

坑坑洼洼的送教之路

用过来了。"那时，学校里，邢承武已经发动车辆，就只等生物老师黄庆媛拿教案上车了。

邢承武计划着先去镇上买防滑链，然后再上山到杨帆家。

因冰雪暂停的生物课，冰雪停后也补上了。那天是1月11日，冰封了一个星期的积雪开始融化，老师们决定上山送教。车轮碾过泥泞的路面，还未来得及融化的冰面发出细细的"咔嚓"声。车行半路，便无法再往上行驶了，异常打滑的路面，只能靠脚步丈量。当生物老师黄庆媛和数学老师向绪忠满脚泥出现在杨帆眼前时，女孩感动得眼眶湿润了。

到了11点，历史课结束。

政治老师戴琳提着小电脑走进了小课堂。

杨书芳不打扰老师和女儿，静悄悄走出农家小院，到果园里采摘橙子。她想让老师离开时，带上几个。

杨书芳曾多次要感谢这些送教上门的老师，都被一次次拒绝。

饭菜摆上了桌，语文老师江慧慧婉言谢绝。四个熟鸡蛋端了过去，地理老师向左平推辞了。杨书芳特意做了一顿饭，但物理老师覃和平、历史老师胡寒松拒绝了。杨帆不善言辞的父亲把老师们按坐在饭桌前，覃和平和胡寒松还是跑了。

家里杀年猪，杨书芳又给向次玉打电话："请您将老师们都邀请过来，在我家吃顿杀猪饭。"向次玉则说："你的心意我领了，我替老师们谢谢，但是我们不会吃的。"

拒绝邀请的向次玉则多次前来看望杨帆。有时带上女孩爱吃的零食，有时带上几套衣服，有时带上一些书籍和学习用品。向次玉送来的《钢铁是怎样炼成的》《名人传》等名著成了杨

帆床头的精神滋养。

　　怎么都要让老师带上几个甜橙子——杨书芳采摘橙子，下定决心。

　　这个学期以来，杨书芳看见了这些老师们的坚守，不表达谢意，她于心不安。

　　屋门前的那条山路，在几个月前，还全部是碎石子路。

　　车子开到水塘附近便不能开了，剩下的近3公里只能靠脚步丈量。眼睛高度近视的语文老师江慧慧曾走不惯坑洼不平的碎石子路，由同事搀扶着，一路颤颤巍巍走进小课堂。

　　山路开始硬化处理时，送教的老师们只能绕更远的路，避开施工地点。

送教老师奔波在坑洼不平的山路上

"老师们送教上门，不收我们一分钱，不吃我们一顿饭。我们多采几个橙子送给他们吧。"杨帆的奶奶说。

橙子橙黄橙黄，散发着甜蜜的芬芳。

果园不远处，杨帆进行训练的41级台阶，似乎也染上了丰收的甜香。

果园更远处，那条平整的水泥路向前延伸着，连接着学校，连接着山外的世界。

三

快到中午12点，戴琳的课上完了。她一边关电脑，一边微笑着问："是不是清晰了很多？经济生活与我们每个人都有关呢。"

杨帆连连点头。

"吃点橙子。"杨书芳热情地过来打招呼。

"不用了，谢谢您了。学校里已经进入总复习了，可以让杨帆在家复习复习。"两位老师边说边走出农家小院。

杨书芳提着一袋橙子，追了出来："这是我们的一点儿心意，请尝尝。"

"您的心意，我们心领了。再见！"老师们上了车。邢承武发动汽车。白色的小汽车穿过果园，在水泥路上奔跑起来。

杨书芳望着逐渐远去的白色汽车，一股暖意从眼角溢出。

"学校里曾经多次开会，要加强师德教育。对于送教上门，学校也规定不能给杨帆家增加任何麻烦。"校长杨万庆说。

不给杨帆家添任何麻烦的老师们，为了不耽搁送教，自己

克服了不少麻烦。

头天晚上，英语老师付红姣一岁的女儿突发高热，上吐下泻。第二天，正好是她送教上门的日子，一时间人员也难以调整。清早，付红姣打电话让婆婆过来，叮嘱她带着孩子去乡镇医院看病，自己则一脚跨进送教的小车，往杨帆家赶。

历史老师胡寒松的母亲胯骨摔断，卧病在床。2017年12月的第三周，轮到他送教。早晨，他安顿好病榻上的母亲，正准备出发上山。母亲内急，将大便拉在床上，需要更换衣物。望着发动的车子，想着母亲的无助焦急，胡寒松心里也急。他赶紧打电话向妻子求助。妻子工作的单位离家四百米，这才请假回来处理。事后，妻子问他："是你妈重要还是学生重要？"胡寒松抱歉地说："都重要。"

九位老师义务送教的举动，点亮了杨帆的希望。

"妈，今后，我如果康复了，您猜我想干一件什么事情？"杨帆神秘地对杨书芳说。

"想做什么？"杨书芳问。

"我想修一座桥，方便这里的孩子上学。"杨帆望着远处的那条小河沟。

那条小河沟，是岳家铺村孩子上小学的必经之路。遇上雨季，河沟涨水，步行的孩子们无法通过，不得不绕着小河，走一条更远的路。一去一来，路上就要多花一个多小时。

"好呀。这个想法很好。"杨书芳夸奖。

"如果今后参加工作，我也想当一名老师！"杨帆骄傲地说。

她将这个梦想写进作文——《我的理想》里：

我在医院就诊一年多后，我感到好累，渐渐地消沉起来，那感觉就像是在黑暗中见不到阳光。于是我挣扎、呐喊，终于在下半年，万老师他们就像听到了我的呐喊，来到我的身边。与他们交谈时，我就像是在黑暗中看见了一丝曙光。在此之后，每次老师们来，我都想和他们倾诉。慢慢地，我们不像师生更像朋友。我们在交谈中，每次都是开怀大笑。我知道谢谢永远也表达不了我内心的感激。报答他们最好的方法是早日让自己站起来，早日回到学校。所以我一定会加倍进行康复锻炼，加倍学习，长大以后争当一名人民教师，让我来延续老师们对我的爱，让爱传承永远，永远……

看着女儿脸上漾起的自信，杨书芳很是欣慰。

山路弯弯，橙黄的橙子挂满枝头，洋溢着丰收与希望的山路，一直延伸……

突降的幸运

一

"只要杨帆能够坚持,我们就继续送教上门!"校长杨万庆的一番话,让女孩一家吃了定心丸。

"请放心,我一定会坚持!"杨帆亮出了灿烂的微笑。2018年3月1日,杨帆拿笔写下《我是幸运儿》:

> 2016年,对我家来说是黑暗的一年,尤其是我的生活黯淡无光。正月初八的夜晚,奶奶胃出血住院。出院还不到十天,我生病了。低烧刚退随后就是腿无力。妈妈把我从学校接出来直接到皂市医院弄了药回家。可晚上病情加重。第二天清晨,父母就把我送到人民医院。住院一星期无效,说我是装病,又转到中医院,随后到县外、省外到处求医治疗。后被确诊为格林巴利综合征。那段时间,我一片灰暗,想坐坐不了,想站更不行,成天躺着。我对父母、爷爷、奶奶常常发脾气,还扔东西。但他们包容我、关心我,把对妹妹的爱全都转到了我身上,可我丝毫不领情。

看着妹妹和邻居家的小孩一起上学，我好羡慕、嫉妒，使劲打着自己的双腿，可是我的双腿就是没力。放一双鞋在那里，我的腿都移不动。妈妈笑着对我说："没事，明天就好了，放心，妈妈在你身后。"

八月初八，爷爷又生病了，奶奶和爸爸把爷爷送到医院动了手术。

终于，我有了好转，就像一岁左右的婴儿学走路，开始迈第一步。那时，他们好开心。渐渐地，一步、两步……可是我想上学！妈妈说："再过一段时间好吗？"可我哪儿听得进去，就在家闹。没有办法，妈妈就用摩托车载着我去学校找校长。校长见到我后说，在学校安全没保障。他说，安排老师送教上门。我哪会相信。回到家，抱着奶奶痛哭，说："校长没有人性，如果我是他孙女，他会让孙女成天待在家吗？"

两天后，校长带来了很多老师到我家，并给我一份方案。我接过来时有些质疑，这可能吗？学校那么多学生，老师能坚持几次？我没想到的是，他们坚持了下来。他们不光教我书本上的知识，还与我谈心，陪我做康复训练。他们陪我走过了一个个难关，走过了一场场悲伤，使我一天天开朗起来，脸上也有了笑容，更让我看见了希望，增加了对生活的信心！这一切让我知道，我不是一个人，我不是孤独的，许多人和我站在一起。我一定要坚强地站起来，勇敢地战胜病魔，早日回到学校。

我知道我本不幸，可今天却是很幸运，因为有

许多不相识的人来关心我、帮助我，我为生在这个世界而感到幸运。

2017年9月7日，星期四，学校副校长蔡代圣、向次玉等一行5人来到杨帆家。蔡代圣递给杨帆一张义务送教的安排表。每周星期四，明确一位义务送教老师。课表上还明确要求：承担"送教上门"服务的教师，要针对"送教上门"服务对象的生理、心理特点，采用切实可行的个别化教育方式，努力提高教育水平和效率；建立"送教上门"工作档案资料，主要包括学生基本情况、教学过程资料等。

"我们答应过杨帆，今天，就是过来履行承诺的。"蔡代圣笑着说。

蔡代圣等人前往杨帆家

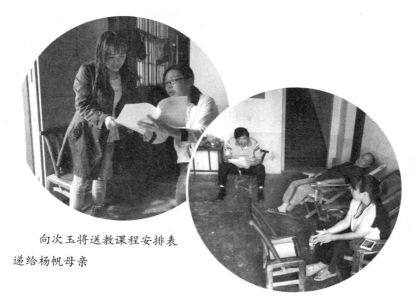

向次玉将送教课程安排表
递给杨帆母亲

蔡代圣向杨帆家人介绍送教课程
和老师安排

　　看着安排详细的义务送教课程表，杨帆的家人简直不敢相信。

　　一张薄薄的课程安排表，从杨帆的手里传到母亲的手里，又被奶奶接了过去。

　　一张薄薄的纸，是那样轻，又是那样重，它承载了一所学校深深的情，承载了一个家庭热热的盼。

　　"今天，算是预备课。从下周星期四开始，九位老师就轮流上门，杨帆家的小课堂就正式开课！"望着激动不已的一家人，向次玉的心也无法平静。

　　拿出崭新的课本，挂起光亮的黑板。老师们忙开了。

"那天，看得出来，她们一家人十分高兴。不过杨帆还是不爱说话，我们问一句她才答一句，眼神也不太敢与我们交流，显得羞涩和不自信。我想，这应该是生病后长期关在家里的缘故。"向次玉回忆。

向次玉哪里知道，杨帆内心里却是一团火。她把内心的火热藏进了当天的日记：

今天早上起床走出房门，哇，天气真好啊！妈妈说，老师今天来给我上课。他们会来吗？我忐忑不安地在院子里走来走去，既高兴又有些不安。高兴的是老师说要来，不安的是老师在学校有那么多的事，他们会来吗？咚咚咚，门响了，妈妈打开门一看，真的来了好多老师啊！他们带来了黑板、粉笔、黑板擦、课本。

杨帆家的小课堂，就这样拉开了帷幕。

每周星期四，相聚大山里的课堂，成为师生之间一个美丽的约定。

心理辅导老师万亚芬把游戏带入课堂，带着杨帆爬山、拍照、唱歌。当山风吹拂着两张年轻的笑脸，镜头将那一瞬瞬定格成一幅幅彩色的照片。杨帆记住了笑声合着山风飘扬的畅快，也记住了老师用笑声告诉她的真谛：生活是面镜子，你对它微笑，它就回报你微笑。

物理老师覃和平把实验室搬到农家，带着杨帆做光影实验。当七色的彩虹桥投影在墙壁上，杨帆记住了白色光束原来是如此绚烂，也记住了老师告诉她的哲理：生活是美好的，如这束光，看似平淡无奇，实则精彩纷呈。

生物老师黄庆媛将果园变成课堂，带着杨帆感知生命的成长。当掰开果皮、品尝果肉，杨帆记住了橘子留存唇间的酸与甜，也记住了老师告诉她的道理：生活如这枚果实，是甜还是酸，都需要自己慢慢品尝。

历史老师胡寒松将课堂变成故事会，带着杨帆穿越时空隧道，沿着一串串足迹，追寻中国革命星星之火可以燎原的答案。当思绪登上南湖红船、踏上万里长征，杨帆记住了红色革命一路走来的艰辛与坚定，也记住了老师告诉她的真理：成功的路，总是充满艰辛，不放弃，才有望到达胜利的彼岸。

……

"给杨帆送的每一堂课，我们都是精心准备了的。我们唯有更加用心，才会更加不辜负她的等待。"历史老师胡寒松说出了大家共同的心声。

二

老师义务送教，送去的不仅仅是书本上的知识，更是关爱与信心。

"杨帆完全变了一个人，爱说爱笑了，感觉从前的那个她又回来了。"杨帆的母亲杨书芳惊喜不已。

杨帆也觉察到了这一点。她对生活中的点滴惊喜有了感触，不再忽略一年一结的橘子红，不再错过一年一熟的枇杷黄。

她把生命中的小感动与小惊喜，一一记在日记里。

她家小院外，便是橘子果园，有夏橙，有秋橘。

夏橙的生长期很长，于头年春季开花，到了来年的5月至6月成熟。结的果经过"三青三黄"，经历了夏季的最高温和冬季的最低温，形成了独有的"花果同树"（第二年开的花与头年结的果）、"果果同树"（第二年谢花后结的小果与头年结的成熟果）独特景观。

秋橘春天开花。一树一树的白花，与远山的油菜黄、杜鹃红遥相呼应。花朵们以大地为画布，绘一幅清丽明快的水粉画。到了国庆节前后，原本与树叶同色的果实被金秋染成金色，掩藏在绿叶丛中的丰收喜悦便再也藏不住了，整个山岗，一树一树的黄澄澄、金灿灿。

这些美丽的景色，这些季节赋予人们的惊喜，曾一度被杨帆忽略，如今，又回到了她的心里。

她将橘子的香夹在了2017年9月24日的日记里：

> 我的家乡在石门县皂市镇，这里盛产柑橘，我非常喜欢吃自己家的橘子。
>
> 橘子树春天的时候开花。结果的时候，果实由一粒"黄豆"渐渐长大。开始是青的，到了秋天就红彤彤地挂在枝头，压弯了一根根的枝条。可好看了，远远望去就想咬上一口。
>
> 摘一个放在鼻子边闻一闻。哇！真香啊。轻轻掰开它的皮，里面的肉红了，一瓣一瓣的，一股芬芳的香味扑鼻而来，真让人垂涎三尺。橘子皮还可以做药和香料。橘子肉还可以做成罐头长期保存，它的味道

和新鲜的一样香甜。家乡的橘子远销国内外。

　　朋友，欢迎你来我的家乡，和我一起品尝汁多味美、甘甜酸爽的橘子吧！

　　一场飞雪，让她看见了瞬间层林尽染的酣畅淋漓，也让她看见了皑皑白雪中生命不屈的绿意。她把这份绿意收入她2018年1月31日的文字里：

　　　　一场雪总算融化了，雪化的早晨更加美丽。远处，白茫茫的一片像美丽的漫无边际的轻纱，阵阵清风把树叶吹得沙沙响。也许你在问，冬天哪有树叶，树叶不是早就掉光了吗？但在我的家乡——皂市，橘树的树叶一年四季都是常青的，枝叶茂盛，春季繁花满枝，秋季硕果累累。黄绿色彩相间极为美丽。这时，太阳公公悄悄从山沟里走出来，把自己的金光撒向大地，照在橘树叶上金光闪闪，那种美显得优雅端庄。

　　　　我佩服橘树在寒冷的冬天不畏严寒，依旧挺拔翠绿。

　　她家小院外有一棵枇杷树，枇杷树傍着一堵围墙而生。平时，它安安静静地生长，杨帆也不曾留意它多少。如今，透过围墙，竟然发现它不知何时已经蹿得老高，高过了围墙，正探着头，睁开一双双圆溜溜的眼睛望着围墙内。双目对视，有一种久别重逢的欢喜。杨帆将这份欢喜留存在2018年5月9日的字里行间：

　　阳光五月，美味的枇杷一个接一个地熟了。我可高兴了，因为我家旁边就有一棵枇杷树。枇杷树全树都是宝，树叶可清热、治胃病；果肉的营养价值很高，还可以止咳、润肺。我小时候感冒咳嗽，妈妈经常就给我摘下两片叶子熬水喝。

　　来到枇杷树下，看到那满树金灿灿的枇杷果，我口水都流出来了，急不可待地摘下一个枇杷果，在衣服上胡乱擦几下，剥开皮放入口中，用牙一咬。哇！好酸啊。我赶紧往外吐。妈妈笑着说："你要摘黄黄的，那个有点青。"我小心翼翼地往前探了探身子，一步一步往前，摘一个再次放入嘴里，好甜！真是美味极了。

　　一会儿工夫，就摘了很多枇杷，我想把它留到星期四，给老师尝尝。

枇杷熟了，甜在心里，笑在脸上

　　大自然是一本天然的书卷。在书卷里，杨帆感知自然万物的生长，迎接春花，也不拒绝秋雨；热爱新鲜初放嫩芽的绿，也不厌倦零落成泥碾作成尘的灰。杨帆慢慢懂得，对于生命，不管它是以哪种形态存在，都有着独特的美丽与意义，我们需要学着欣然接纳。是花，就努力尽情绽放；不是花，也无须艳羡他人，只管蓄积能量，给自己以时间，慢慢长成一株默默拔节的小草，或者一棵暗暗向上的大树。

　　杨帆欣喜地阅读着大自然用万物书写的画卷，重新拾起那些曾被自己忽视的欢喜。同时，又投身书籍的海洋，用经典丰盈内心。

　　得知杨帆想看课外书，向次玉便送来不少。那一本本经典，更让杨帆看见了生命的光。这一束束光，引领着女孩一步步迈向坚强与成熟。

　　2017年9月12日，厚厚的一本《水浒传》翻到了最后一页。一个多月以来，她牵挂着一百零八位落草为寇好汉的命运，最关注与喜欢的还是宋江。她把对宋江的敬佩写进了当天的日记：

　　　　今天，我把《水浒传》读完了，在一百零八位好汉中，我最喜欢的是宋江。

　　　　《水浒传》写的是以宋江为首的农民起义从发生到失败的过程。这本书揭开了社会生活中的腐败和统治阶级的罪恶。北宋以来，梁山好汉忠君报国，为民除害，令人敬佩。宋江被人称为"及时雨"，他深明大义，为国出力，在兄弟牺牲时多次伤心得

要昏过去。他遵从兄弟的遗愿，不断地坚持，完成了兄弟的遗愿。那些贪得无厌之人害得英雄好汉走投无路、落草为寇。

我感叹"及时雨"宋江的足智多谋，有情有义。

病中的杨帆还无法正常行走，她便在书本里进行心灵的长途旅行。她跟随着鲁滨逊漂流在孤岛上，在那里，她学着坚强。她把这份所得写进了2017年9月22日的日记：

> 有一本书，它让我学会了一个人如何在岛上生存，明白了要用乐观的心态去面对困难。这本书写的是主人翁鲁滨逊不听父母的话去海外历险的故事。在一次航海中，船在南美洲附近的一个小岛触礁，船破了无法航行。船上的人只有鲁滨逊一个人活了下来。他孤苦伶仃、风餐露宿，经过了28年的历险，终于回到了故乡。鲁滨逊告诉我们要不怕危险、困难，要用乐观的心态去面对困难。

这份坚强，激励着她战胜自己。行动不便的她能够为家人减轻负担了！她把点滴进步默默记在2017年11月2日的记忆里：

> 今天，爸爸出门做事去了，妈妈在外面忙农活，爷爷奶奶在家忙农活。于是，我想，我也帮他们一点忙。我慢慢挪到厨房一看，菜篮子有菜。于是我拖来一把椅子，让身子靠在椅子上，先慢慢把菜准

备好，然后把火点燃，把锅烧好后放油，放盐，炒菜。一会儿，就把饭做好了。可是感觉好累呀。于是坐在椅子上休息了几分钟才叫他们吃饭。妈妈回来看见饭是我做的，笑着说："嗯，不错，加油，让自己的身体快点好起来，做一个自食其力的人。"这时，我心里高兴极了。这两年来一直都是他们照顾我、担心我，我希望自己早点好起来，不再是他们的负担。

她改变了！即使腿脚还不能像从前那样有力，即使简单的迈步、走路还是那样艰难，但是那颗曾一度沉沦的心呀，已经慢慢复原。

这点滴的进步，这巨大的转变，都让她心怀感恩。

　　懂事的杨帆，等身体有了好转，便在家做饭，减轻家人的负担

2017年10月19日，星期四。送别送教的老师，杨帆握笔写下心里涌动着的浓浓感恩：

> 老师如期而至，我真的好高兴。自从送教上门后，老师们从来没有间断过，每周都给了我希望，给了我勇气，给了我信心。他们不光教会了我知识，还教会了我很多做人、做事的道理。真的好感谢关心我的老师。长大后，我一定要做他们这样的人，让世界充满爱，充满力量，充满阳光和希望。

2018年春节，杨帆想着要给送教老师一份特殊的礼物。可是送什么呢？老师们连一顿饭也不吃、一杯水也不喝，他们会接受我的礼物吗？思前想后，她决定给老师们写一封感谢信。

尊敬的老师：

你们好。

时光如流水，不知不觉中，你们已陪伴我将近一年。在这一年的时光里，你们陪伴着我，鼓励着我。这一切，我都看在眼里，记在心头，心里有太多的话想说，但不知从何说起，唯有写下这封信给你们，谢谢你们的关心和帮助。是你们让我在黑暗中看见光明和希望，是你们帮我度过这人生的转折点，是你们为我照亮前方的路。

我是这个时代的幸运儿，是你们，让我在一次次的磨炼中强化自己，改变自己，让我的精神世界不断丰富起来！我曾感觉不到每天的阳光，每天浑浑噩噩，也经常在家无理取闹，常常为一点儿小事就发脾气，摔东西。我的爸爸妈妈、爷爷奶奶也常为此伤透脑筋，虽然他们没有表露出来，但我仍然能感觉到他们的无助与无奈。自去年你们专门为我送教以来，我的生活有了翻天覆地的变化。

我住在山脚下，路途崎岖难走，每次你们都不怕辛劳来到我家为我上课。语文老师江老师对我们这里的路不习惯，但您还是一次次坚持步行来我家。数学老师向老师、历史老师胡老师、地理老师向老师，你们都年过半百，还不怕辛劳，带给我亲切的关心和问候。还有心理老师万老师、英语老师付老师、物理老师覃老师、生物老师黄老师、政治老师戴老师，我们每次在一起都是欢声笑语。就连司机邢叔叔，也利用休息时间讲一些有趣的事情给我听，从来没说这里的路弯多路窄。你们就好比一棵棵大树，我就是树上的叶子，有了大树的奉献，叶子才能繁茂；你们又好比一对船桨，我是一只小船，有了船桨的划动，小船才能乘风破浪。有了老师的辛苦，有了老师的不放弃，我的生活里充满了阳光，充满了希望。现在家里每天都有了我的笑声。我的爸爸妈妈、爷爷奶奶都是看在眼里，喜在心头。

老师，你们就像那钟表上的秒针，每天不停歇地随着那节奏跑呀跑。老师，是你们尽心尽力地培养了一届又一届的学子，是你们引领着他们走上成

功之路；是你们让无数平庸变成辉煌；是你们把无知变成栋梁。你们的伟大，无法言语；你们的付出，令人敬佩；你们的神圣，无字可书。

老师，你们的恩情我终生难忘，今后无论时光如何流逝，你们的恩情一点一滴已进入我的心田。不管以后，我是小草还是参天大树，你们的支持、你们的帮助、你们的鼓励会永远在我耳畔、在我心头。在这里，请允许我对你们说一声：谢谢老师，辛苦了！

2018年的教师节，杨帆和妹妹杨菲早早就准备一份礼物——每位老师一朵康乃馨、一朵莲花、一只千纸鹤。

9月7日，星期五，杨菲从寄宿学校回到家。从那天下午开始，

杨帆与妹妹杨菲为老师准备礼物

两姐妹便忙开了。每人一把剪刀，将彩色纸剪成一层层的花瓣，取几层花瓣叠放起来，再用线扎牢，将花瓣一片片地舒展开来。两人从下午一直忙到晚上9点。

买彩纸的钱，则是姐妹俩卖落果的辛苦钱。每到5月份，橘子树上挂的小果实，有一些便停止了生长，静静地跌落在地。果农们便将它们——捡起来，等到有人上门收购时，可以卖得每公斤两元左右。落果可以入药。落果只有指头大小，百多个才卖到一元钱。姐妹俩挎着小筐，埋头在果园里寻找遗落的宝藏。小小的落果，掉在地上吧嗒作响。"这里有一个！""这里还有！"姐妹俩将一个个藏迷藏的小果实——寻找出来。望着硕果累累的枝头，她们俩既希望能更多地捡到惊喜，又不希望小小的果子落下枝头。那一枚枚小小的果实，如果等长大了，卖的价钱会更高。

家里的几亩果园，一个月辛苦忙碌，积累的落果可以卖几百元。姐妹俩将钱存放在奶奶手里，急需的时候，才取出来一点。

"老师克服了很多困难，坚持给我补课，我自己做几朵花送给老师。我在制作的过程中感受到了幸福与快乐。"杨帆说。

三

　　"妈妈，我看见我的班级了，还有好多同学。你看，老师正在给我们上课！"杨帆兴奋地呼唤着母亲。

　　杨书芳高兴地连连点头："杨帆，妈妈替你高兴！你可以像其他同学一样，上老师们的每一堂课了，还可以一节也不落下。"

　　母女俩盯着屏幕。

　　屏幕的一端，是杨帆的家；另一端是皂市镇中心学校八年级140班的教室。

2018年3月13日，杨帆家的小课堂升级了！不仅每周星期四有老师上门面对面辅导，还有网络课堂全天候播放。"这就好像我又回到了教室里，和同学们一起上课，一起玩耍。"

将她家与班级课堂接通的人，是常德电视台的刘年松。杨帆将这份惊喜写进了2018年3月15日的日记：

这几天，我好高兴，真心感谢刘伯伯。虽然我和他认识的时间不长，但我真的很想对他说一声：谢谢。

刘伯伯是个热心的人，像对待自己的女儿一样，处处为我着想，处处为我解忧。知道我想读书，就

买了很多书送给我；知道我想回学校，又给我向电视台反映，争取资金，专门为我安置了直播课堂，让我融入学校的气氛中，听老师在课堂上讲课，听同学们琅琅的读书声。下课了，听听同学们的欢声笑语，多好啊！

刘伯伯是个敬业的人，知道我的苦恼后，相隔不到一个星期，就大老远地来看我了。了解我的身体和学习情况后，又了解家庭的生活状况。回去不到3天，正是正月十五，别人都上街闹元宵，可他却放弃留在城里，与他的同学汤伯伯一道，带着小吃来到了我家，与我一道在柴火旁共度元宵节。那天，我真的想对刘伯伯说："在这山里过元宵，哪能和城里比，有味吗？"城里的繁华和山里的寂静，这哪能对比。

杨帆感恩的"刘伯伯"，在一个多月后，再次给她带来了惊喜。2018年5月11日，刘年松再次走进农家课堂，这次，他送去了网络教育设备。

设备安装调试完毕，杨帆点开一看。哇，就是一个百科大课堂！里面的课堂内容不仅有初中的，还有小学的，甚至还有学前教育的课程。

点开小学语文课文《白杨》，杨帆静静地观看起来：

车窗外是茫茫的大戈壁，没有山，没有水，也没有人烟。天和地的界限并不那么清晰，都是浑黄一体。从哪儿看得出列车在前进呢？那就是沿着铁路线的一行白杨树。每隔几秒钟，窗外就飞快地闪过一个高大挺秀的身影……

故事中，两个孩子围绕白杨树展开讨论，父亲向他们介绍白杨树，并借白杨树深情歌颂边疆建设者服从祖国安排、扎根边疆、建设边疆的大志向和奉献精神。

再次阅读自己小学时曾经学过的课文，病中的杨帆更加读懂了白杨身上的那种坚韧与顽强。"其实这篇《小白杨》也告诉我们：不怕困难，勇敢面对困难，我们也会在风雨中茁壮成长。谢谢刘伯伯，我不会让你们失望的，我会勇敢面对现在的困难，像小白杨一样不畏严寒，在风雨中成长！"

含泪的欣喜

一

"其实，老师送教上门，不仅改变了孩子·也改变了我。他们不仅给我的孩子上课，也给我上了一堂课。我要延续老师们的奉献精神，将村里的工作做好，更好地为村民服务。"杨帆的母亲杨书芳也受到了感染。

杨书芳是村里的妇女主任。尽管为女儿治病，家里欠债不少，但是依然帮助村里三名贫困户，逢年过节送米送油。

杨书芳18岁加入中国共产党，已经具有20年党龄。她还有11年幼教老师的经历。

2017年，她辞去幼教工作，全心照顾患病的女儿。

幼儿园曾多次挽留她："你很有责任心，孩子们也很喜欢你。"

告别工作了11年的岗位，杨书芳心里有些不舍："等杨帆的病好了，我会回来的。"

发动摩托车，奔赴在回家的路上。

还是那条弯弯转转的山路，还是一排连着一排的果树，还是那些熟悉的大地的气息，可是又有许多的不一样。

摩托车的车轮却不知为何变得异常沉重，似乎压着什么，又好像身后有一根长长的线牵绊着。

想快快不了，想走走不动。

那摩托车承载的，分明就是一颗沉重又有些伤感的心啊。

杨书芳停下摩托车，她需要调整心情，却又忍不住深情地回望幼儿园的方向。

一张张稚嫩的小脸蛋，仿佛正朝她欢快地跑过来……

那是小勇吗？他可是一个哭屁虫，第一次见到他时，就一直哭，哭着要爷爷，哭着要回家。孩子从来没有离开过亲人，第一次来到一个陌生的地方，遇见的全是陌生的脸庞，不哭才怪呢！杨书芳从食堂里端来一碗稀饭、两个粑粑。男孩一边吃，一边小声哭。吃完了，哭声又大了。"别哭了，等中午，老师就送你回家啊。"男孩点点头，可是泪水依然没有断线。

第二天，小勇再来到学校，不哭了，总是跟着杨书芳。

经过了解，杨书芳才得知，孩子父母离婚，父亲在外打工，孩子跟着爷爷奶奶居住。

冬天，别的孩子早已经穿上暖和的棉衣棉裤，小勇却还穿着单裤，棉衣也薄薄的，还破旧不堪。杨书芳便上街买来厚衣服为他穿上。

孩子的爷爷奶奶年纪大，劳动能力差，杨书芳又申请贫困学童补助，每年给小勇资助500元。

孩子营养不良，身体底子差，时常感冒，杨书芳便带着他去看病。

有一天，小勇低头画画，白纸上画着一张微笑的脸。"我画的是杨老师妈妈。"小勇满脸幸福地将画纸送给杨书芳。

　　小勇不仅将杨书芳的微笑刻在心里，还将她的电话号码记在脑海。回到家后，孩子时常拨通电话和老师聊上一会儿。"杨老师，孩子小，不懂事，打电话打搅您了，您别介意啊。"爷爷解释。"没有打搅呢，我很喜欢他。"杨书芳笑着说。她心里清楚，其实，孩子是想妈妈了，但是妈妈在哪儿？电话是多少？孩子不知道，便把对妈妈的思念与爱，转移在了老师身上。

　　"杨老师。"一年正月的傍晚，小勇又拨通了杨书芳的电话。

　　"我爸爸喝醉了，我们在路上，不晓得怎么回家。"小小年纪的小勇向老师救助。

　　父子俩春节走亲戚，父亲喝了酒，回家路上，不辨东西。

　　杨书芳安慰孩子别急，随后又赶紧联系上孩子的爷爷。

　　醉酒的父亲、年幼的孩子终于平安到家。

　　2016年，杨书芳带着杨帆去湘雅医院治疗。

　　小勇告诉在长沙打工的父亲，杨老师到长沙来了。

　　坐着摩托车，孩子父亲匆匆赶了过去。"您平时对我家孩子那么好，我过来看望您的孩子，也是应该的。"

　　"小勇，老师希望你一定要坚强，家里的爷爷奶奶还需要你照顾。"杨书芳喃喃自语。

　　那是英子吗？她可是个跟屁虫，在学校里，喊杨书芳"妈妈"足足喊了一个学期，还不许别的同学共享这一称谓。要不是那天杨菲告诉她老师与妈妈的区别，说不定她还会一直喊下去。

　　杨菲是杨书芳的小女儿。杨书芳带着她去幼儿园玩。

　　见还有人与自己分享"妈妈"，英子吃醋了，不许杨菲跟着杨书芳。

个头比杨菲矮，年纪比杨菲小，可是要夺回"妈妈"专利的英子很勇敢。

"这是我的妈妈，不许你喊！"

杨菲嘟着嘴，认真地说："她是你的老师，是我的妈妈。你应该喊老师。"

"她是我妈妈，我一直喊妈妈。"

"妈妈是生下你的人，老师是给你上课的人。我是从她的肚子里出来的，可是你不是。你应该是喊——老师！"

在一旁的杨书芳看着两个小女孩一本正经地争夺妈妈，也忍不住笑了起来。

"英子，老师祝福你能找回自己妈妈的爱，希望她能时常陪伴你，看望你。"杨书芳细细念叨。

那是凤丫吗？她可是小保镖啊，只要看见杨书芳，就会紧紧跟随着。凤丫是个苦孩子，说话不清，五岁了却只有两岁孩子的身高和智商。在学校，凤丫像个小刺猬，时时竖起刺，刺痛了别人，也伤了自己。杨书芳心里疼，这丫头，不知曾吃过多少亏，才形成了这种处处提防的个性。杨书芳将自己温暖的大手放在凤丫凉凉的小手里，让她感知到温暖；用胳膊搂着凤丫的肩膀，让她放松身体。躺在杨书芳怀里的那一瞬，凤丫哇哇地大哭起来，杨书芳也忍不住落下眼泪。这孩子，不知有多久没有人这样好好地拥抱过她啊。

"凤丫，老师希望你改变打人的坏毛病，要相信，大家会爱你的。"杨书芳轻轻言语。

……

别了，难忘的11年！

别了，可爱的孩子们！

泪水不觉涌了出来。

轻轻擦干泪水。杨书芳知道，还有更大的挑战等着她。

定定神，发动摩托车，踏上回家的路。

二

杨书芳几乎把整个心都放在杨帆身上，对小女儿杨菲都有些忽略了。

"有人问我，家里正是缺钱用的时候，干嘛把工作辞掉。我的心整个都在杨帆身上了，如果我还教书，我会对不起那些孩子们。"杨书芳解释。

一家人的生活开支，便压在了杨帆父亲的肩头。

父亲在外打工。母亲肩头的重担其实更重。

她要操持着整个家，杨帆需要照料，杨菲需要关爱，老人需要照顾，果园需要打理，鸡和猪需要喂养……她像一个陀螺，日夜不知疲倦地旋转。

这一切，杨帆看在眼里，疼在心里。她在日记中悄悄记下了母亲的辛劳："妈妈每天4点起床做饭、喂鸡、喂猪，然后送妹妹上学。""急匆匆去接我妹妹，然后喂猪，给我洗澡做饭、洗衣，半夜才睡。"

累吗？累。

苦吗？苦。

但是没有时间说苦谈累。一天24小时的光阴里，没有时间去考虑自己。

"我不能倒，我是杨帆的力量支撑！"身材娇小的杨书芳心里很明白。

2018年春，她无意间读到杨菲的作文《我的姐姐》，坚强的她忍不住偷偷哭泣起来。

往事悠悠，许多的回忆就像电影一样一闪而过地消失了，而我和姐姐的情谊却记忆犹新。

2016年是我家最不顺利的一年，我和爷爷、奶奶、姐姐先后生病，特别是姐姐这一病就是3个年头了。期间，我嫉妒过、生气过、孤独过，总觉得所有人都关爱姐姐去了，我就如一棵无人关心的小草。为此，我经常为一点小事而生气、愤怒，甚至和姐姐吵架，妈妈也整天为我和姐姐发生矛盾而着急。

有一次，杨阿姨给姐姐买了一个漂亮的本子，我见了非常喜欢，就趁姐姐不注意放到了我的书包里，后来姐姐发现了问我，我支支吾吾地说没有拿，姐姐见我吞吞吐吐的，就打开我的书包。于是，我就与姐姐争吵起来："为何我不能有，反正你不用去学校，给我不可以吗？"

姐姐小声地对我说："你要可以跟我讲，但不能在没有经过允许的情况下将东西拿走，你是不对的。"可当时我根本听不进去任何话。

后来，妈妈回来了，我们的争吵才结束。妈妈对我说："菲儿，谁说我们不爱你、不关心你呢？你要知道，现在姐姐生病了，中途退学，我们需要关心她、开导她、激励她，让她战胜病魔，这是我们全家的期望。你看，你能跑能跳，姐姐却成天躺着，想走出院子都难，所以，我们必须在生活方面更关心姐姐。同样，妈妈也很关心你，只是方式不同而已。"在妈妈说服之下，我终于知道错了：我已经长大了，应该换位思考，懂得怎样去关心他人。

今年1月，下起了大雪，姐姐望着外面说："外面的雪好大呀，可以堆雪人啦。"

我知道姐姐很想在雪地里玩。早饭后，我对姐姐说："姐姐，我扶你去外面院子里堆雪人吧！"

姐姐望了望我，点了点头说："可以，但要慢点哦。"

我小心翼翼地扶着姐姐来到院子外一个平台边，姐姐开心地对我说："你负责当运输工吧，我就负责就近堆雪人，你运输的时候要小心点，不要摔倒了。"很快，在两人合作之下，第一个白色的小狗诞生了，我和姐姐开心地笑了。

现在姐姐的病在大家的关心和帮助下，越来越好了。在这里我明白了一个道理：无论遇到什么困难，我们都要相互关心、爱护，不怕困难，勇敢地战胜它。

杨菲才10岁，还是在母亲怀里撒欢、任性、淘气的年纪，但是家庭的变故，让她瞬间长大了。2018年春季新学期，懂事的女儿主动选择住校。周一去学校，周五才回家。"这样，妈妈就不用每天接送我了。"

小小的杨菲，主动成了妈妈的支撑。

一个周末，杨菲进城，看见城里人用花瓶装水，然后插一枝花放在窗台，好看极了。回到家，她找来矿泉水塑料瓶，注入水，又在院子里摘下一枝缀着花苞的梨花枝条，插了进去。

到了周一，杨菲要去学校。背起书包，杨菲有些不舍，喃喃自语："不知道这枝花儿会怎样。"还不时回头望望窗台上的小花瓶。

懂事的杨菲

"什么花儿呢？"杨书芳随着杨菲的目光找寻。

"哦，原来你在这里放了一枝花啊，我还没有发现呢。"

"哈哈，一直没有发现？！是不是有些惊喜！"杨菲为母亲这么久才突然发现而感到有些小兴奋。

"你放心，妈妈帮你照顾好它。"

杨菲背起书包，放心地回到学校。

每天中午和傍晚，杨书芳都用手机给花枝拍照，记录它的变化。她决定等杨菲周末回家，就把这些照片按照时间顺序，一张张回放给她看，这样女儿就能见证花枝一幕幕的成长历程。

早上还只有5朵小花骨朵，似乎正蓄积着力量，正等撑开藩篱；又好似杨菲淘气时鼓着腮帮子，暗暗将气续满，等待时

机突然喷出，释放出一阵狂喜。

下午，5朵小花骨朵已经舒展开来。

数一数，一朵梨花五片花瓣。

瞧一瞧，花瓣环抱着细绒花蕊，顶端戴着极浅极浅的粉色小帽。

摸一摸，花瓣儿丝绸一样丝滑、柔软。

闭了眼，靠近嗅一嗅，有一股淡淡的泥香，有一缕细细的水味，还有一丝需要定神才能抓住、随时会被风吹散的清香。

睁开眼再细看，枝干上竟然又不知何时冒出了一些嫩嫩的白色小芽，还分不出它们到底是嫩叶还是花苞。

梨花虽小，原来这样美！

走出小院，杨书芳惊讶地发现，梨树的春天这样精彩，一丛丛、一簇簇、一片片，满眼都是雪白雪白的梨花。

春风满袖，梨花沾衣，原来寒冬已远！

"杨菲，谢谢你，你让妈妈看见了春天！"看着满眼的梨花，杨书芳感到一阵畅然。

三

2018年5月13日，正好是母亲节。杨书芳收到了一份特殊的礼物。

杨帆悄悄给她写了一篇文章——《母亲，节日快乐》：

人人都说，母爱是世界上最纯洁、最无私的爱。

母亲是对你不离不弃、时刻爱着你的人。

我于2016年生病后，到现在有两年多了，在这两年多的时间里，她竭尽所能给我最好的、最美的……她含辛茹苦却从不抱怨。这两年多时间来，她为了我，没有给自己买一件衣服、一双鞋，总是从柜子里翻出已经过时的衣服和陈旧的鞋子；为了我，她每天都笑容满面。记得有一次，我实在厌倦了被妈妈和奶奶拖出去散步的日子。妈妈像往常一样要扶我出去，可我随手抓起东西就一扔，并说："我不去，反正我的腿也不能动。"当时妈妈没有说话就出去了，可不到五分钟又回来了，说："杨帆，我知道你的心情和想法，但我告诉你，你的腿是你自己的，不是别人的，你必须自己使用它，就如一台机器，几天不用就会生锈。你的腿也一样。来，我们出去走走。"

我的每一次进步对她来说都是惊喜。记得去年下半年，在妈妈的鼓励下，我的腿能迈开一步了，妈妈高兴得把我的棍子扔得老远。我有些不解地说："妈妈，为什么不让我多用两天？"妈妈说："杨帆，你必须战胜它，你已经迈开第一步，就一定能迈出第二步、第三步……"

妈妈，您是世上最伟大的妈妈。我爱您！祝您节日快乐。

读着女儿的文字，杨书芳幸福地微笑着，眼角却又淌下泪水。

谁说你不懂事呢？你发脾气，你摔东西，你谁也不搭理，你不肯吃饭，你不愿去医院，你……其实，妈妈懂，你不想那样做的，只是因为——你心里苦。那种苦，那种绝望，妈妈不懂，但是妈妈理解你。妈妈不是最伟大的妈妈，但是妈妈会努力成为最理解你的人。

2016年中秋节前，爷爷生病了，要动手术。医院里需要人照顾。家里有猪、鸡、菜园要管理，还要带孩子，那时你看我每天清早4点就要起床，你躲在被窝里哭。妈妈知道，你是心疼我。

你见我每天还要接送妹妹，你主动提出，让我把你送到外婆家去。你其实知道，外婆80多岁了，她无法照顾好你，你那样做，是想给我减轻负担。

妈妈累了，你帮妈妈捶背揉肩；爷爷病了，你端茶送水；奶奶睡了，你给她轻轻盖上保暖被……

回想着一件件往事，杨书芳的心无法平静。

"妈妈，今天是您的节日，我很想给您买一份礼物，可是我现在没有能力。但是，我还是想送您一份礼物。请您坐下来。"杨菲轻轻推门进来，一脸愧疚与神秘地看着杨书芳。

杨书芳连忙擦去泪水，乖乖地坐了下来，将思绪拉回来。

拿出梳子，杨菲轻轻地梳理着母亲的头发。

一丝一缕，变得异常顺滑与听话，听由杨菲的指挥。

杨书芳轻轻地闭上眼睛，静静地感受杨菲的小手抚过头皮时幸福的触碰。

一抹抹温馨触动心弦……

"妈，我来背一点儿，这样您就可以少挑点了。"杨菲一边说，一边将一大把猪草塞在自己的大竹筐里。竹筐塞得满满的，杨书芳用手一提,沉手。她要将竹筐里的青草弄一些出来,杨菲则一使劲,把竹筐高高举起,一把放在右肩上扛起,便迈开步子朝前走。杨书芳赶紧挑着两筐猪草,跟在杨菲后面。望着女儿压弯的小小肩头,杨书芳说不出的欣慰与心疼。

花生熟了,一家人一大清早便来到地里忙碌。爷爷奶奶负责将土挖松,两个女儿负责将露在外面的枝藤割断,杨书芳负责用锄头将花生铲出来。

挖的挖,割的割,铲的铲。

杨帆和杨菲坐在地上,清理着花生藤。时间长了,杨帆的

腰受不了，杨菲便将一筐装满花生藤的篓子放在姐姐身后。腰部有了支撑，杨帆感觉舒服多了。放下锄头，看着两个女儿低头忙碌的小小身影，杨书芳有着说不出的甜蜜与酸涩……

　　家里的玉米成熟了。玉米地在山上，野猪时常前来偷吃。一亩多玉米地，只收割了几百公斤玉米。玉米地离家300多米，路途中还有一段陡峭的上坡。杨帆的腿脚无力攀爬，运输的工作便压在了杨菲的肩头。杨书芳在地里将玉米掰下来，杨菲便快速地将玉米放进竹篓里，然后背着篓子，跑下陡坡。运回来的玉米晒5天，便可以掰玉米粒了。杨帆洗干净球鞋鞋底，再将鞋子绑在椅子腿上，粗糙的鞋底便成了搓板。玉米棒在鞋底上来回搓，玉米粒便一颗颗掉落下来。姐妹俩时常要忙上整整一个星期。金黄金黄的玉米粒是家里猪、鸡的新口粮。

　　姐妹俩晶莹的汗珠落进玉米粒中，更滴落进杨书芳柔软的心里。

杨帆和妹妹时常帮家里做家务

杨菲用小小的手扎起一个马尾辫，又细心地用手将杨书芳两鬓的散发拢齐，贴紧。

"妈妈，都是您给我扎头发，今天，我也给您扎一次。这就是我给您的礼物，喜欢吗？"

杨菲的话，将杨书芳从回忆中拉了回来。

杨书芳将杨菲搂在怀里，幸福地连连回答："喜欢，喜欢。"

"和别人的家庭相比，我们多了不少波折，多了不少苦难。但是，这些不顺利又让我们更加坚强，家人之间更加关爱，孩子更加懂事。这也是让我感到欣喜的地方。"杨书芳在苦难中品出了生活的丝丝香甜。

"原来风雪可以让我坚强，让我感动。坠落在我的梦，只要一点儿火种，依然照亮我笑容。原来命运还有一些在我掌握之中。泪眼的朦胧，透着一道彩虹……"一首《花火》，慢慢在心里流淌开来……

杨家小院，姐姐杨帆辅导妹妹杨菲

2018年暑假文化志愿者来到杨帆家

生命的承诺

2017年10月23日，湖南省常德市石门县皂市镇中心学校师德师风主题学习会。

那时，学校义务送教小分队为杨帆送教才一个多月。今后的路，还很长。学校校长杨万庆想和老师们谈谈究竟如何用心关爱学生，如何弘扬师德师风。

一

"石门，是一个贫困县，地处山区，留守儿童多，一些学生经济困难，缺少家庭的关爱。越是这样的情况，就越需要我们老师多献出一些爱。和城里的老师相比，我们农村学校的老师，肩头的重担更重，不仅肩负着一个老师应有的教书育人的职责，还在一定程度上肩负着一个父母关爱孩子的职责。我们的爱，要更博大，唯有这样，我们才能更好地温暖山里贫困孩子的心，才能更好地让他们变得强大！"杨万庆说。

学校部分年轻老师来自外县，对石门的教育传统并不太了解。杨万庆想和大家一起溯源而上，让大家更加知晓作为石门

山区乡村教师肩头的责任。

石门县是红二、六方面军等革命先烈曾捍卫江山、浴血奋战过的红色土地。在这片红色沃土上，如今开出了别样的教育之花。全县教育扶贫战役中，不少学校从勤工俭学收入中挤出资金为特困家庭学生实行减免政策，教师拿微薄工资担保、垫付困难学生费用，社会各界也纷纷捐赠助学。不少人倒在了教育扶贫的路上，石门县一中校长苏光便是其中一位。

苏光是享受政府特殊津贴的专家、全国中小学明星校长。多年来，他坚持每年救助四五名贫困生。在同行杨万庆的眼里，苏光就是一个教育战线上的拼命三郎。超负荷的工作，一点点吞噬着他的健康，苏光不幸患上劳累性肺结核，时常咳血。有一次，苏光晕倒在厕所，学生发现后，才赶紧将他送到医院。医生建议他卧床休息数月，可是他在病床上只躺了一个多星期，便再也待不下去了。"医生，我没事的，请你帮我开一些药吧，我要出院。我的学生都在等我。"尽管医生劝说，苏光还是提前出院回到学校。

2012年3月，苏光被确诊为肝癌晚期。在生命的最后时光里，他把病房变成了办公室。在病床边召开了30多次党委会、10多次行政会、6次教师代表座谈会。

2013年3月1日，石门县一中新学期开学典礼的日子。那天，寒风凛冽。

病入膏肓的、连下床都要人搀扶的苏光提出要参加学校的开学典礼。

当脸色蜡黄、全身浮肿的苏光校长走进学校，当他用低沉嘶哑的声音，几乎用尽全身的力量，断断续续做着开学讲话之时，不少老师、学生静静地流着眼泪。

苏光

典礼结束后，苏光已是面色铁青，全身哆嗦。随行的护士赶紧上前给他挂起了输液瓶。

这是苏光与工作了31年学校的最后一面。这是他生命中的最后一个开学典礼。2013年3月27日，苏光去世。

家人整理他的遗物时，发现一封感谢信。那是一位残疾母亲写给他的感谢信，感谢他为她的孩子出钱上学……

苏光的妻子曾因为丈夫长年累月忙于工作、忽视家庭有过抱怨。丈夫去世后，妻子在他留下的笔记里，在他人写来的信件里，才真正理解了他，并写下痛彻心扉的万言书："我猜想，你自己应该觉得那是最后一次到学校，'春蚕到死丝方尽，蜡炬成灰泪始干'，这句话验证在你的身上一点儿也不为过。为了你，我吃尽了苦头，操尽了心。在我怀孕期间，想吃点猪蹄你都没时间买；临盆前，我还在昏暗的灯下帮助你抄写学籍册；生孩子那天，我住进医院，请人去学校通知你，你说课还没上完……你走后，我连一张全家福都找不到！"言辞中，有抱怨，更有不舍与心碎。

"苏光校长将心都捧给了教育，交给了学生。"杨万庆说。

杨万庆在师德师风主题学习中发言："我们都当过学生，

都是从学生走来的。学生生涯中总有难以忘记的老师。为什么难以忘记呢？为什么总在茶余饭后念叨呢？要么是对你非常仁爱，非常关心，使你今天成长成才了；要么是他牵了你一次耳朵，打了你一次手板，说了你一句讽刺的话，所以你不会忘记。我们每一名教师要给学生一个微笑、一个亲昵的叫答、一个亲昵的摸头等，多给学生鼓励，多给他们点赞，让他们出彩，让他们记住一辈子，改变他们的一生。用高尚道德情操、仁爱之心播撒大爱、真爱，做一名品德合格的人师。'春蚕到死丝方尽，蜡炬成灰泪始干'，这是社会对我们的赞美，但我更觉得，这是社会对我们的鞭策与期盼，希望我们为人师者能成为春蚕，成为蜡烛，成为像苏光老师那样为教育事业鞠躬尽瘁、死而无悔的人。"

英语老师付红姣发言："作为一名人民教师，我们要公正执教，用无私的爱关怀每一个孩子，公平公正地对待每一个孩子。我们还要坚持廉洁从教，自觉抵制各种非正当利益的诱惑。在工作过程中，不接受学生和家长给的钱物，不进行有偿家教，不直接或间接地向学生出售学习用品，不取一点一滴的不义之财，不索一针一线的非法之物。心若无欲，天地宽，对学生的爱才会无边。"

生物老师黄庆媛发言："孩子是祖国的花朵，看看他们的眼睛，如星星般明亮，如泉水般清澈、纯洁。在这样的纯洁面前，哪怕说错一句话都是对他们的亵渎；在清泉般的眼神里，我们读到了他们对老师无比的信任。我们每一位教师，都要廉洁从教，为人师表，以自己高尚的品行和聪明智慧，将自己的美好形象永远留在学生的心坎里；使学生从小就懂得什么是真善美、什么是假恶丑，从而逐步懂得做什么样的人、怎样做人。"

语文老师江慧慧发言："在我们身边，有不少人为我们树立了典范。我国现代教育家陶行知先生，一身执教，持俭守节，他高尚的人格魅力，为学子们所敬重，为学子们所效仿。他的这种廉洁从教的作风，所产生的道德影响力，深刻地影响了一批又一批学生的道德情感和精神世界。廉洁从教是处理教育教学活动与个人利益之间关系的准则。在新的形势下，把廉洁从教作为教师道德规范，更具有鲜明的现实性和针对性。"

政治老师戴琳发言："俗话说，做人先立德。教师是学生的榜样，学生不仅从老师那里学习科学知识，同时也学习为人处事的道理。古语云，以铜为镜，可以正衣冠；以古为镜，可以知兴替；以人为镜，可以明得失。若老师自身不廉洁，难免学生会'投其所好'。要培养出怎样的学生，教师自己首先就要努力成为那样的人。"

数学老师向绪忠发言："讲师德就要讲奉献、甘清贫、心态和、不攀比。社会对教师的选择，比对一般行业严格得多，不仅要求有教书的学识，而且要求有示范学子和世人的良好品行。人们把教师比蜡烛，燃烧自己照亮别人；比作铺路石、人梯，让一批批、一代代接班人从自己身上攀登到科学顶峰。捧着一颗心来，不带半根草去，陶行知先生告诫我们所有教师要具有奉献精神。没有奉献精神的爱，不是无私的爱。"

历史老师胡寒松发言："我们平凡，但我们的脊梁支撑着祖国的未来；我们清贫，但我们的双手托举着明天的太阳。参加工作30年，本人从未家教家养，也从未进行有偿补课。原

来如此，现在亦如此，今后我更会立足本职岗位，关爱我身边的每一个学生。"

物理老师覃和平发言："捧着一颗心来，不带半根草去，这既点明了廉洁从教的根本，又告诫我们爱才是真正的源泉！一支粉笔，两袖清风，三尺讲台。甘于奉献是中华民族的传统美德，也是教师精神的核心。多少年来，一代又一代的孺子牛在教书育人的岗位上谱写了一曲又一曲壮丽的奉献之歌。作为一名乡村教师，我愿做这样的孺子牛，躬耕大地，播撒希望。"

心理辅导老师万亚芬发言："爱，是教育的前提。一个教师只有爱学生，才会无微不至地关心学生的健康成长，才会爱岗敬业、乐于奉献、竭尽全力地去教育学生，才会自觉自愿地约束自我、规范言行。在教育教学活动中，公平公正地对待、关爱每一个学生，不能因性别、家庭状况等差异而采取不同的态度和情感模式。"

地理老师向左平发言："我们要公正执教，关爱孩子，一定要有爱心，有信心，有耐心。孩子是祖国的花朵，我们要以无私的关爱去影响他们、塑造他们。这样，在爱中成长起来的孩子，才会更好地爱他人，爱社会。"

一场关于关爱的讨论，仍在继续。

窗外，秋季的大山，沐浴着暖阳，散发着金黄金黄的光，如同煦暖的爱的光芒。

二

石门县白云乡东与皂市镇接壤。在白云乡，在整个石门县，都流传着退休教师文非义务助学的故事。文非"教育路上，一个都不能少"的助学理念也吹进了石门的各大校园。

1990年，文非从教育战线退休，回到石门白云乡老家，准备安享晚年。那年，在回家路上，他看到一位老人带着十多岁的孙子，正行走在山路上。文非上前打招呼："娃儿，今天怎么没去读书呢？"孩子一脸委屈地望着他，没有说话。身旁的奶奶唉声叹气地接过话茬："饭都吃不上，哪有钱读书？"细细询问，这才知道孩子父亲已去世，母亲残疾，两个孙子全靠老人照顾。听到这些，文非沉默了。

随后他花了两个多月的时间，翻山越岭，走村串户，一个村一个村查访，一个户一个户核实。随身携带的笔记本，记录

文非老人深入农家，了解贫困学生家庭情况

的名字越来越多，文非感到脚步也越来越沉。

在不到三万人的白云乡，因天灾人祸各种原因，失学儿童高达140多人！

面对长长一串名字，文非的心异常沉重。

如何改变这种状况？一个大胆的想法在文非的脑海浮现——成立扶贫助学基金会，长期稳定救助贫困孩子上学。

他动员21位退休教师，加入自己的队伍，又向石门县人民政府提出申请。

1993年8月18日，以"募集资金、资助贫困学生"为宗旨的扶贫助学基金会正式成立。就这样，文非踏上了一条艰难的"募捐助学"长路。

起初，人们不理解，以为他打着募捐的幌子，为自己谋利。跑疼脚板，磨破嘴皮，首次募捐的三天时间里，他只募得25元。回到家，家人劝慰他，何苦要热脸挨冷屁股，受冤枉气，不如在家享清福。他笑了笑说："开弓没有回头箭。"并写下"不愁落日黄昏近，甘献余热救孩子"，贴在卧室，以此自勉。

何不将橄榄枝伸向在外地工作的老乡呢？通过摸底，文非得知白云乡在国内外工作的人员有1100多名。他编印了《石门白云在外地工作人员名册》，印发募捐信，一一邮寄给他们。

担心信不能及时被收看，他又"厚着脸皮"拨通对方电话。

慢慢地，募捐信终于有了回音，一个个老乡纷纷将善款寄回老家。

如今，捐款人遍及全国29个省市及欧洲、美洲、大洋洲和亚洲其他一些国家。基金会还在南京、上海、大庆、美国旧金山等地设立了12个募捐点。

无数贫困学子改变了命运。

1997年，龚华玉以优异成绩考上石门县一中，她却为了尽快就业选择了常德一家中专学校。文非得知后，及时伸出援手。几年后，龚华玉考入中南大学。如今，她已经是湖南省职业病防治医院副教授。

"将文爷爷的精神传递下去"，是受助孩子共同的感恩方式。

工作后，龚华玉结对帮扶白云乡悬钟峪村欧阳佳美，从八年级直到考上厦门大学。

欧阳佳美大学毕业参加工作后，又将爱的火把传给了白云乡北峪湾村的苏海荣、白云乡苏家湾村的刘梓良。

2018年，88岁的文非不再担任基金会的负责人，他将爱心接力棒交出，将基金会"家底"和60.39万元的善款现金余额存单移交给接力者——石门县人大常委会委员、环资城建工委主任戴海蓉。

自己厚厚的24本账册，密密麻麻的1800多名捐款者和420多名受助学生名单，220多万元的爱心善款……这些数据，记录着他20多年志愿助学路上的成果与艰辛。

一枝独秀不是春，万花齐放春满园。

一个个助学基金逐渐诞生。

郑洞国基金会、盛氏女儿文教基金会、石门县教育基金会、石门桐梓基金会、九伙坪社区助学基金会、磨市镇教育发展基金等30多个助学公益组织，如雨后春笋，拔节而出。社会爱心资金、政府帮扶资金，共同为寒门学子注入奋斗活力。

"尚学重教，是我们这里的传统。这么多人都在关心教育，为教育出钱出力，作为人民教师的我们，就更加没有理由不尽心而为、不鞠躬尽瘁。和许多人的默默付出相比，我们每周上门为杨帆义务辅导所吃的苦，真的算不了什么。我曾经说过，只要杨帆这个孩子能够坚持，我们就一直送教上门。这绝不是一句空话，而是为人师者的庄重承诺！我们要真正履行好这个承诺，就需要各位送教老师的无私付出。"杨万庆说。

历史老师胡寒松说："坚守农村中学30年，虽清贫但内心快乐着。教书育人是我的天职，每个学生都是我的孩子。为杨帆送教是我一个平凡老师应尽的义务。请放心，我会坚持下去！"

英语老师付红姣微笑着说："看着杨帆一点点变得自信起来，我觉得我的努力是值得的！坚持为杨帆送教，我没有问题！"

心理辅导老师万亚芬郑重地表态："点滴的关爱能让杨帆同学重拾信心，勇敢地生活，这印证了我们的付出是值得的。只要学生有需要，为了他们的成长，我愿意一直坚持下去！"

物理老师覃和平发言："赠人玫瑰，手留余香。这次的送教上门活动，不仅仅是付出，更多的是感动和收获，感动于杨帆对生命的坚持和不放弃，收获的是对教师师德和责任的更深层次的理解。大爱无声，为爱前行，杨帆，我们一起努力！"

生物老师黄庆媛说："我作为一名农村中学的生物教师，已从事教育教学工作20年。在我的教学生涯中，我始终这样要求自己：要把我有限的知识传授给每一名学生，把我无限的爱传递给每一位需要帮助的人。"

语文老师江慧慧承诺："为杨帆同学送教只是尽了一个人民教师应尽的责任，能看到她重拾生活的信心，勇敢克服困难，过上阳光般灿烂的生活，我觉得我们的付出是值得的。在帮助她完成初中语文学业的同时，我对教师这份职业有了更深的认识。以后只要她学习上有需要，我会尽我所能帮助她解决难题。"

地理老师向左平发言："关爱学生是每一位教师必备的品格。杨帆同学身患疑难病症，是不幸的。为人师者，能为杨帆提供力所能及的关爱，帮助她渡过难关，我倍感欣慰。"

政治老师戴琳说："送教上门对我这个新入职的老师来说很有意义，让我体会到了老师们的奉献精神和团结协作，也让我真真切切地感受到杨帆对知识的渴望和对健康成长的向往，我会继续坚持和完善送教工作，为教育事业奉献出自己的力量。"

学校职工、义务送教司机邢承武激动地说："一个学生就是一首诗，一个心灵就是一个世界。为学生和老师们服务是我的职责，我义不容辞！"

副校长蔡代圣说："因为爱与责任，有了这一次的送教上门活动，这是爱的传递。我们会持之以恒将这个活动坚持下去！"

杨万庆满脸欣慰地看着大家。

一张张如大山一样朴实的脸庞，一句句如大山一样坚定的话语，一份份如大山一样深邃的爱。

杨万庆被一种难以言说的感动激励着、温暖着，他激动地说："同志们，这不仅是我们对学生杨帆的一份承诺，更是为人师者对整个社会的一份承诺。正是有了大家的这份齐心、这份用心，我们才会有底气告诉杨帆，告诉社会，大山里的课堂，我们会坚持办下去！"

窗外，大山无言，片片树叶，如大山的耳朵，静静地聆听着，并随山风高兴地诉说着，仿佛要将这些话传递到更远更远的地方……

杨帆是幸运的。与此同时，如她一样幸运的，在石门县还有建档立卡的贫困学生10542人。发放《致家长的一封信》、"教育扶贫明白卡"，精准锁定每一位贫困学生，努力不让一个孩子因贫困失学！

"我们的教育，应该面向每一个孩子，无论他是贫困还是富有，是健康还是疾病，都一视同仁，共同为他们开启成才之路。"在师德师风承诺中，杨万庆郑重地签上自己的名字。

"教育路上，一个都不能少"，这是生命对生命沉甸甸的承诺，也是每一个教育工作者在教育脱贫攻坚战场上，正在尽力书写着的庄重答卷。

第二章　传承的课堂

——长大后我就成了你

大山里的课堂

是一把火

一把传承的火

将责任接替并紧紧相握

"长大后我就成了你"

这是义务送教老师最动情的诉说

2018年5月18日，星期五。皂市镇中心学校组织九位义务送教老师座谈。

没有一分钱的加班工资，没有一分钱的交通补助，补课课时不算工作课时。

面对额外的送教任务，朴实的老师们默默将责任担了起来。就像一个农人，掂掂担子，再重再沉，使了老劲也要挑起来，稳稳地压在肩头。没有豪言壮语，如他们背后的大山一样，默默无言，却饱含力量与深情。

"因为愿意，所以无悔；不为名利，只是不忍。一个青春花季的孩子孤独地待在房间里，想想都心酸。我愿意每周花几个小时的时间，送去知识，点亮孩子心中的希望之火。"物理老师覃和平在笔记本上写下的几句话，成了这支义务送教小分队共同的心声。

"其实，我们都曾是学生，原来的学生成了现在的老师，就像《长大后我就成了你》这首歌中所唱的。长大后我就成了你，不仅仅简单地说长大后的我们肩负起了老师这个职业的责任，更是要我们将老师的精神一代代地传承下去。薪火传承，生生不息。"历史老师胡寒松说。

一首《长大后我就成了你》唱出了殷殷学子情、悠悠师者心，引起了大家的共鸣。

当"我"不断长大，成为领着一群小鸟飞来飞去的"你"，成为能将所有难题化为乐趣的"你"，成为把学生高高托举的"你"，成为美丽了学生眼睛与心灵的"你"，成为用智慧开启知识宝库的"你"，成为让学生仰之弥高的"你"，"我"终于懂得，在"你"指点江山、激扬文字的背后，是"你"摈弃功利、坚守清贫的艰难，是"你"坚持初心执着守巢的孤独。多少懵懂的生命被"你"浇灌，多少无知的灵魂被"你"摇动，多少"你"眼中的孩子长大后成了"你"。你不再是你，你已经化身无数个"你"，一起坚守三尺讲台，一起将知识的火种高高擎起。

蜡烛般的消耗，粉笔般的磨损，火把般的传承，铸就的正是教师职业生生不息的灵魂。

"我们并不伟大，只是做了教师这个职业要求我们应该做到的。全心全意，教书育人，以前的教师这样做过，现在的教师正在这样做，今后的教师将来同样应该这样做。这是精神的延续，责任的传承。"语文老师江慧慧说。

窗外，目光沿着弯弯山路，向更远处延伸。距离20多公里的石门文庙，走过拱形状元桥，穿过四柱三门的棂灵门，经过"孔子集大成也者"之意的大成门，便可祭拜孔子。

孔子正行拱手礼，微笑而立。身后几面墙，写着历届石门优秀高考学子的姓名。

孔子塑像四周，几副对联跃入眼帘：

言义言利有违儒道何以论语；
施爱施仁不法仲尼怎写春秋。
追孔追孟唯追半部论语；
敬祖敬宗只敬一座庙堂。

杨万庆与学生在一起

游列国讲仁政谁弭春秋无义战；

诲弟子传儒学首开论语教化风。

承圣传经典蒙国中兴；

师贤讲礼法城乡大治。

钟鼓鸣朝暮朝重暮复过眼烟云知多少；

仁义贯古今古往今来铭心夫子有几人。

它们，是教师心灵的精神滋养。

距离石门文庙100多公里的常德德山，曾是道德高人善卷先生设坛开讲、启迪民智的地方。善卷先生让尧帝曾异常担心的"三苗"部族栖居的蛮荒之地民风如沅水一般澄澈，人们处处传颂着善卷先生的善行。南巡的尧帝恭恭敬敬地对善卷先生行弟子求师的跪拜大礼，并邀之一同入都，以便随时请教。面对功名，善卷婉言谢绝，他不愿为一人所用，而执意留在"三苗"之地，布善德，启民智。如今，"常德德山山有德"民谣广为流传。

"在我们这里，如果你读懂了石门文庙，读懂了善卷先生，你就会读懂我们这支大山深处的义务送教小分队，就会读懂为人师者的薪火传承。"皂市镇中心学校校长杨万庆说。

长大后我就成了你

小时候我以为你很美丽

领着一群小鸟飞来飞去

小时候我以为你很神气

说上一句话也惊天动地

长大后我就成了你

才知道那间教室

放飞的是希望

守巢的总是你

长大后我就成了你

才知道那块黑板

写下的是真理

擦去的是功利

……

"《长大后我就成了你》，这首歌，我十分喜欢。以前，我曾多想唱给他听，却一直没有唱。现在再唱，只是他听不见了。"胡寒松深情地凝视着一张黑白照片。

歌声缓缓流淌，深情的旋律如思念的藤蔓，缓缓地爬满心壁。

照片上，一张微笑的脸。那是胡寒松的父亲胡述。2012年5月，父亲去世。微笑便永远留在了影像中、记忆里。

一

胡述15岁被国民党抓壮丁入伍当兵，后进入南京中央政治大学就读，毕业后担任国民党军官。1949年初，起义投奔共产党。1954年，在石门县袁公渡完全小学任教。"十年探索期"，他被认定为国民党反动派流放回家改造。1979年，得以平反昭雪并被安排到石门四中教课。他教过语文、数学、历史、政治、体育、地理，被称为教师中的全能选手。1983年，他以近花甲之年加入中国共产党。

胡述曾经工作过的石门县四中旧址已经不复存在，在皂市水库建设过程中，淹于水中。但是胡述任教的点滴故事，已经刻在学生心底，时光的潮水冲洗不去。

胡寒松的父亲胡述

胡述80岁时，与学生们合影

"其实在一个人曾经的青春岁月里，总是有那样一两个人会影响着你，让你一生难以忘怀。尽管时光一去不复返，关于胡述老师的惦念和不舍却永远留驻在我的心间。"易法安回忆。

由于多种原因，易法安在高中期间不得不离开了学校。

易法安沮丧地回到家，整天茶饭不思。他渴望通过读书改变命运。

胡述的老家在皂市镇阳泉坪。从石门县四中回老家，要途经易法安的家。暑假期间，回家路上，胡述遇见了易法安，把易法安头一摸："这孩子要得呀！""要得"，是当地的土话，意为"聪明"。易法安的叔父随即将易法安的苦闷告知："这孩子想回学校参加高考。"

"可以啊，你就去四中插班吧。"胡述当场表态。

插班复读，并不是一件容易的事情。学校领导摇头不同意。眼看一个读书的好苗子不能入校，胡述急了，忍不住拍案而起："是我的外甥也不行？！"大家面面相觑。

就这样，无亲无故的易法安以外甥的身份插进胡述带的班。

易法安的肠胃不好。一次，老师在台上讲课，易法安的胃病犯了，捂住肚子趴在课桌上。窗外的胡述巡视时发现这一幕。他走进教室，严肃地问："怎么上课不认真？"易法安痛得无力回答。"病了？怎么不早说。"胡述的语气柔和了下来，拉着易法安便往外走。

到镇卫生院检查、买药。

胡述急切地问医生原因。

"应该是跟他小时候的饮食差有关，吃得差，营养不好，落下了胃病。"医生解释。

易法安长期以来的下饭菜便是家里自制的青菜腌菜，营养不均衡，落下了病根。

"你以后就跟着我吃吧。"看着易法安，胡述心疼地说。

易法安搬到了胡述家。

"寒松，今后喊安哥哥。你和安哥哥一起就在我房里睡。"胡述对儿子胡寒松说。

在四中读书三年，易法安就在老师家吃住了三年。没有缴纳一分钱。

"那个时代穷，老师的工资也不高，有父母老婆孩子一大家，可是老师一直把我当亲生儿子一样对待。就这样，在胡老师的

关怀下，胃病治好了，我也一步步走出深山。"易法安说。

易法安考上湘西自治州商校，成为他们村第一个走出深山的大学生。但是，易法安高兴不起来。这不是他理想的大学。

"胡老师，我不想读。"

"是金子在哪儿都会发光。"胡述鼓励，并且打开记忆的阀门，讲述自己戎马一生的故事。

"法安，老师说这么多，你能明白吗？毕业于哪所学校并不是最重要，它只是给你一个更好的平台，真正的能力要在今后的工作实践中不断地学习、摸索和积累。"讲完自己坎坷的人生经历，胡述将目光从久远的时空收回，望着眼前这个对前途不知所从的学生。

易法安背着行李走进了大学校园。他知道，走出大山，前方的路，会越走越宽敞。

大学期间，胡述时常写信，以父辈的身份指导易法安如何堂堂正正做人、踏踏实实做事、清清白白处世。

大学毕业后，易法安回到石门县城工作。胡述又如父亲一般，关心他的婚姻大事。

"老师，我还不想找朋友。我现在条件还不够成熟。"易法安担心

胡述的学生易法安

自己贫寒的家境会让女方看不起。

"成家立业，这都是人生大事啊。有个人照顾你，老师也放心些呢。"胡述慈爱地说。

胡述担任月老，想将一根红线牵在易法安和杨若莹的手上。这都是他曾经十分关注的学生。

胡述热心地游走在两个家庭之间。一年后，有情人终成眷属。

易法安幸福的一家

"小的时候，爸爸每年春节都会到一位老人家里拜年，后来知道那位老人姓胡。胡爷爷是我爸高中时的老师。儿时的我不懂：我爸高中时的老师有那么多，为何偏偏只去他家？一个人生命中遇到的人就像天上划过的流星，不计其数，但真正影响其一生的却只有一两个，他们就像挂在天上的恒星，永远在头顶上闪烁。"这是易法安的儿子——易锴2005年9月在作文

《我爸爸的高中生涯》中的文字。

"一位好老师，可以影响几代人。"易法安感叹不已。

二

"我小时候的梦想是当一名警察，穿一身威武的警服，勇敢地维护社会正义。长大后当老师，是受了父亲的影响。"胡寒松说。

一场茶话会，让他见证了师者的伟大，并且改变了儿时的梦想。

那场茶话会是父亲告别讲台的辞行会。

1985年，在石门县四中任教的胡述年满60岁。金秋十月，就要离开坚守了30多年的讲台。学校给胡述筹办了一个茶话会。

未曾想到在那个信息不发达的年代，100多名学生从各地赶回来。这让学校也未曾料到，一间不大的会议室坐满了，走廊上也站着学生。

有毕业多年、人到中年的老学生，有正在石门县四中念书的新学生。

100多名学生，齐刷刷地跪了下来，用最隆重的跪拜礼敬谢老师。

这一幕，让胡寒松感到十分震撼。

胡寒松十分喜欢历史。历史书卷里，多少不跪的故事让他懂得：不跪，因为膝盖下有为人的尊严。

正因为如此，1279年，民族英雄文天祥被俘到大都，忽必烈要他跪，他勇敢地拒绝，保留着人的尊严。

正因为如此，1995年，河南小伙孙天帅面对韩国老板让全体员工下跪这一无理要求，他敢于拒绝："开除也不跪，我是中国人！"

李大钊不会下跪，他那黑色的长衫，让黑色的夜晚在他的面前打战后退！

方志敏不会下跪，他那白色的稿纸，把白色恐怖在他面前焚毁烧碎！

叶挺不会下跪，他的诗句"为人进出的门紧锁着"和"为狗爬出的洞敞开着"，已成为分开人与动物的界碑！

江姐不会下跪，她绣出的红旗和她穿着的红衣，已成为人间永不凋谢的红梅！

我们母亲的血液中没有跪的基因，不会下跪！

我们父亲的骨骼里没有跪的骨髓，不会下跪！

而那一刻，100多个学子纷纷屈膝下跪，跪在一个花甲老者面前。

这一跪，饱含多少无须言语的感激。

这一跪，蕴藏多少表达不尽的震撼。

"天地君亲师"，这是不少家户堂屋里张贴着的字。在那一刻，胡寒松真正理解了"师"之伟大。

师者，传道授业。警察，维护正义。

一个是精神世界的惩恶扬善，一个是治安领域的除暴安邦。都一样伟大。

"高考后，我毅然报考了师范院校。"胡寒松明确了自己的奋斗方向。

2012年5月30日，父亲胡述去世。他曾经教过的学生纷

纷赶来吊唁。

追悼会上，学生代表覃事强声泪俱下，抚棺倾诉："是您曾经教我们描绘人生的蓝图；把我们从无知的荒漠引领到知识的绿洲；您批评过、表扬过、也激励过我们，陪伴我们走过一段容易跌倒、彷徨、迷途的道路；您是我们成长岁月里最可信赖的朋友，给过我们慈母般的爱和严父般的教导……"

300多名学生，按照中国人最隆重的礼节——跪拜礼，一一向老师告别。

那深深的一跪，再次触动了胡寒松的心。

"我发誓要把父亲的精神传承下去，要像父亲一样做一名合格的受人尊敬的老师，要像父亲一样桃李满天下！"胡寒松决心十足。

1992年，胡寒松来到石门县皂市镇中心学校，担任历史老师。

2000年，八年级53班的班主任因身体原因不能担任班主任，学校安排他接手。

开学两天了，学生尹宏丽一直没有到校。胡寒松决定上门去接。

恰逢雨天，山路泥泞。他和林昌连老师深一脚、浅一脚，步行8公里山路才到。

两间破旧的土屋，土屋里一贫如洗，漆黑的土墙上，几张鲜艳的奖状是屋里唯一的亮色。

尹宏丽没有在家。

"应该就在附近扯猪草。"一位邻居热心地跑去喊尹宏丽。

一个蓬头垢面的女孩匆匆忙忙赶了回来。背着一个破篮子，篮子里装着猪草。

"都已经开学几天了，你怎么没有上学？"胡寒松关切地问。

尹宏丽低垂着头，没有开口，泪水却涌了出来。

"这丫头，可怜啊。"在一旁的邻居介绍起女孩的家庭状况。

父亲去世，母亲改嫁，家里无力支付她的学费。

"在农村里，要改变命运，还是要读书。我来负责你的学费。"胡寒松表态。

尹宏丽终于重返校园。

胡寒松不仅承担了尹宏丽的学费，还承担了她的一日三餐。

看见女孩衣服破烂不堪，胡寒松夫妻俩买来新衣服。周六，节省路费，尹宏丽时常待在学校不回家，胡寒松便将她接到家中，和自己的女儿做伴儿。

"胡老师，您又多了一个女儿呢。" 53班的同学说。

"我爸对姐姐比对我还好一些。爸爸说，姐姐过得很苦，让我们都多关心她。" 胡寒松的女儿懂事地说。

如今，当年的小女孩尹宏丽成了石门新铺镇的一名村官。见到胡寒松，亲昵地称他"班主任爸爸"。

2016年，胡寒松担任九年级133班班主任。学生黄芳婷进入他的眼帘。

黄芳婷成绩优异，担任班干部，在人群中，她和别的同学相比，总有些不一样。哪里不同呢？衣着寒酸，眼神忧郁。

开学第二周，胡寒松骑车上门家访。

一路打听，东转西绕，他将自行车停在了一间修建于20世纪70年代的土坯房前。

那里就是黄芳婷的家。

黄芳婷见到老师突然出现在屋外，有些意外，也有些羞赧。将老师迎进土坯房内。

一个中年妇女呆呆地坐在屋内，双眼空洞无物。那是黄芳婷双目失明的母亲。

一个身材矮小的男人端着一杯茶，走了过来。那是女孩的父亲。

胡寒松明白了黄芳婷眼中忧郁的原因。

周日，学生返校。

胡寒松将黄芳婷喊到办公室。"你家的情况，我知道了。

困难是暂时的，你安心读书，老师每年支持你1000元，直到你大学毕业。"

那时，胡寒松一个月的工资3000多元。

如今，黄芳婷成了一名高中生。每年一放假，老师就将承诺的1000元送过去。

"1000元对有钱人而言微不足道，但对一个贫困学生而言或许能改变命运。"胡寒松说。

"对待学生，应该像对待自己的孩子一样。我要像我的父亲一样，做一个好老师。"胡寒松在笔记本上写下承诺。

三

"坚守农村中学30年，虽清贫但内心快乐着。教书育人是我的天职，每个学生都是我的孩子。为杨帆送教是我一个平凡老师应尽的义务。"胡寒松在笔记中写下几行文字。

当学校告知患病女孩杨帆的事情，并决定组建一支义务送教小分队时，胡寒松没有丝毫犹豫。年过半百的他，成了这支送教小分队中年纪最大的老师。

2017年下半年，开学第十周的星期四，是他第一次给杨帆送教上门的日子。

远远地，就看见杨帆和奶奶早已守候在大门口。

待车辆停靠在果园附近的水泥坪里，杨帆便急切地回到堂屋里的小课桌旁，等待正式开课。

第一堂课说什么呢？胡寒松放下教案，看着杨帆。

胡寒松为杨帆义务上门辅导

眼前这个女孩，更需要的是什么？是信心，战胜困难的信心！

"杨帆，老师先给你讲几个故事吧，讲讲我们中国共产党是如何在苦难中崛起的。"

杨帆点点头。

"国共对峙时期，中国共产党在1927年遭受挫折，国民党屠杀共产党员，四周一片白色恐怖……"

胡寒松望着窗外，思绪的风筝挣脱，飞向90多年前血染的历史时空。

1927年4月12日，以蒋介石为首的国民党新右派在上海发动反对国民党左派和共产党的武装政变，大肆屠杀共产党员、国民党左派及革命群众。这就是历史上残暴的"四一二"反革命政变。

危难之中，中国共产党发动南昌起义、秋收起义摆脱困境。

中国共产党在井冈山建立根据地，国民党围攻井冈山，50万大军把井冈山围得如同铁桶，红军第五次反"围剿"失败。

1934年10月10日黄昏，红军启程远征。

这一别，成千上万的人开始用脚板丈量千山万水。

这一别，多少青春少年再也没能踏上回家的路，把生命留在雪山、草原，留在播撒革命火种的万里征程上……

"杨帆，你明白老师为什么要给你讲这么多吗？现在大家都在关心你，你自己一定要坚强起来，要树立理想、树立信念！"

胡寒松将思绪拉了回来，望着眼前的杨帆。

燎原的星星之火、长征路上不屈的背影，都一一被夹在杨帆手中的那本历史书页间。

杨帆抚摸着那本历史书，睁着明亮的大眼睛说："老师，您放心，我不会放弃的。"

胡寒松点点头。

2018年初，学校期末考。胡寒松特意在杨帆的历史试卷卷头留下一段文字："冬天过去，春天到来。2018年愿杨帆战胜病魔，奋发向上。"

2018年4月5日，星期四，正逢清明节假期。

"星期四，可是杨帆每周都盼望的日子。"胡寒松和物理老师覃和平决定，即使是休息日，依然送教上门。

清早，邢承武也打来电话。见覃和平有车，胡寒松便建议邢承武在家好好陪陪女儿。

早上7点多，邢承武冒雨赶了过来。"那里的山路不好走，何况这么大的雨，不安全，我开车过去，熟悉路况。"

三人冒着暴雨赶往杨帆家。

两堂课，早上8点开始，中午12点多才结束。

胡寒松收好书本，却并没有急着离开。他想和杨帆谈谈心。

这段时间，来看望杨帆的人很多，前来采访的媒体也不少，教育部部长也关注着她的成长。这一切都是那样美好，媒体的关注、好心人的帮助，这都是杨帆生命中一个个美好的遇见，但是这些遇见，也会在一段时间后，与她擦身而过，一切又会恢复原来的样子。胡寒松担心美好过后，当一切归于沉寂，杨帆的心却回不去了。

"杨帆，你只是一名普通学生，面对媒体的关注、好心人的帮助，要懂得感恩，不能滋生出名了便洋洋自得、不可一世的思想。鸦有反哺之义，羊有跪乳之恩。你得了病，社会上无数好心人关怀你，传递的是人间大爱。别人不认识你而帮助你，这是为什么？这就是正能量。长大了你要学会将这种正能量传播开去。"

杨帆连连点头。

胡寒松还不知道，其实，这个问题，杨帆曾经考虑过，并且将她的思考写进2018年3月27日的日记。那天，全国人大代表王怀军来到她家，带来了一份从北京捎回来的特殊礼物——教育部部长陈宝生亲笔为她提写的祝福。

面对生命中一些突然出现的美好遇见，她清楚自己原本平凡，也知道唯有心存感恩，才能相报。她在日记中这样写着：

> 我原本是一个不起眼的山村小女孩，现在却被许多人关心、爱护、勉励与希望。这个世界充满无限的爱，就像太阳光照耀着大地上的每一寸土地，

让每一个人都能感受到阳光的温暖。

"胡老师，您放心，我知道自己该怎么做。这段时间，我也曾迷茫过，担心这些关心、这些快乐，来得快，也会去得快。妈妈告诉我，要平静地接受我生命中的这一切，不管是疾病，还是幸运。我会努力的，而且，我知道，要报答这些感恩，我就必须自己强大起来，努力实现我的梦想，将来，成为像您这样的好老师，把我得到的爱，也传递给我的学生。"杨帆笑着说。

"好，我们一起为这个梦想努力！"

"长大后，我就成了你，我就成了你……"一首老歌在师生心中悄然唱响……

愿为你掌一盏明灯

一

向绪忠的记忆深处，保存着好几张微笑的脸庞。"在我的人生历程中，如明灯一样给我指引的老师有好几位，我一直都忘不了。"

上小学时，还是"十年探索期"，课堂教育无法正常进行。生产队的一名会计成了他的老师。教了两年，却让向绪忠无所收获。

那时的课堂，已经不能叫课堂了。老师的算盘打得好，五去五进一，六上一去五进一，但就讲不出为什么。凑上十个进一，简单算理。上课时，纪律乱哄哄的，还时不时有人喊诨名。那两年的读书时光，几乎就这样浪费了。直到1975年，向祝平老师担任班主任来接他们班，情况才好转。

向祝平刚高中毕业，严厉而亲和。

"同学们，这道题弄懂了吗？"向祝平问。

"弄懂了！"教室里响起响亮的回答声。

"真的弄懂了吗？"

放学铃已经响过，一双双小眼睛早已经溜出课堂，急切地等待着老师一声"下课"口令响起。

"你给大家说说，怎么去解答。"向祝平点兵。

只见那名学生满脸涨得通红，支支吾吾找不到要领。

"你留下来，其余的下课！"

教室里，向祝平"开小灶"。直到那名学生真正弄懂，课才结束。

有一天，向祝平正在埋头辅导学生，突然教室外传来责骂声："这么晚了，怎么还不放学！"

一个女人骂骂咧咧地闯了进来。

"课堂上不好好教，放学了却把孩子留下来耽误时间！"

没有一句感谢，有的却是误解与责备。

尽管如此，每天放学时，向祝平"涛声依旧"——验收学生的学习成果，验收合格才能回家。向绪忠也曾是被留下来的孩子之一。

向祝平老师的严，与会计老师的松，形成了鲜明对比。"也许你们现在会恨我，觉得我太严了，等你们长大了，会感谢我的。我不希望你们学无所成。我宁可你们现在恨我，不愿意你们将来恨我。"向祝平望着教室里少不更事的学生，掏出了心窝子的话。

除了放学后主动给学生"开小灶"辅导，向祝平还时常家访。

向绪忠家离校不远，向祝平便时常在他家落落脚，和他父母聊一聊。

"这孩子不错，聪明，学习认真，将来一定很有前途。"

听着老师的表扬，向绪忠的母亲笑着说："孩子不懂事，

贪玩，这都是老师您教得好呢！"

向绪忠翻着手中的书，假装没有去听，却一句句刻在了心上。

"那时，我悄悄旁听，听到老师鼓励，或许从那时起便慢慢有了梦想。"30多年后，再次想起那些鼓励，向绪忠依然心怀感恩。他寻找到了儿时梦想的最初起源。

闲不住的向祝平还会时常来一个突然袭击——就近夜巡，检查学生们是否有自觉学习的习惯。

为了得到老师的表扬，傍晚时分，巷子里漫无目的打发时间的身影少了，捧书夜读的画面多了。

向祝平还动员向绪忠等三位同学住校，担心学生家长不同意，又上门做工作。

"他们的基础很好，可以学更难的。孩子住在学校里，我就可以随时给他们辅导！"向祝平承诺。

忙于农活、无法辅导学习的庄稼人，放心地将孩子托付给了向祝平。

"慢慢地，就这样，失去的知识补上来了。向祝平老师把我从无知中拉了起来。"向绪忠至今心怀感恩。

向绪忠在校住了一年半。那段时光，成了向绪忠记忆深处最美好的时光。向祝平不仅给他们义务辅导课程，还教会他们识谱、吹口琴。

在那个艺术文化贫瘠的年代，老师手中的一把口琴，吹皱了学生们的层层心波。

多少个黄昏，师生一起，一把口琴，缓慢而又悠扬地响起。岁月也似乎在乐曲里变得绵长起伏。

一曲声落，四周安静。心里却涌动着难以言表的感动。

静静聆听吧！

听风遗落的声音，发出细碎的音符。

听萤火虫，羽翼拨动夜幕的弦音。

听心追寻口琴停留于空气中的足音……

年少岁月，在音乐中得到了别样的丰盈。

每当口琴声响，向绪忠便会回忆起那年的时光。

人的一生会遇见很多画面，也会忘记很多场景，但是总有一些铭刻于心。

向绪忠的小学时光，慢慢在口琴声里落幕。

进入中学，向绪忠逢上了一对夫妻老师——向言腊、王本刚。

"老师父母"，这是他们留在向绪忠脑海里的印象。

学生饿了，做饭给他们吃；学生渴了，烧水给他们喝；学生冷了，拿衣服给他们穿。

1982年中考后，向绪忠还要参加中专复试。在县城参加完复试，向绪忠赶回母校。回到镇上，天色已晚，路过向言腊老师的家。向言腊一眼看见了满头大汗的他，关切地问："在县城参加复试才回来？"一边说，一边拿出餐桌上的西瓜，递了上去。

看着手中红瓤绿皮的西瓜，向绪忠正饥渴难忍，便狼吞虎咽地吃起来。

这是他第一次吃西瓜！

西瓜的水润与甜蜜，滋润了向绪忠热得几乎冒烟的嗓子，更滋润了他的记忆。"现在，只要吃西瓜，我总能回忆起当时

急匆匆、大口大口吃的样子，总能回忆老师站在一旁慈祥微笑的面容，总感觉再没有吃到比那天更甜的西瓜了。"向绪忠记住了这一生中难忘的甜。

"老师富有吗？并不。老师家有三个孩子，他们的经济压力其实很大。那时，还是计划经济时代，物质都是贫乏的。但是，老师会舍不得自己吃，而留给学生吃。在他们眼里，我们这些学生就是他们的孩子，真是爱生如子。起初我怎么也不明白，老师为什么这样好。后来，我到师范学校读书，并且也走上了教师岗位，我终于明白：教育是爱的教育，教师是爱的传递者，没有爱的教育，不是教育。"向绪忠找到了答案。

二

1985年7月，向绪忠走上讲台，成了一名乡村教师。"要像我的老师曾经那样对待我一样，对待每一个学生。"向绪忠下定决心。

石门县皂市镇中心学校142班的陆炎杰感受到了这种爱。

学校运动会开始了，陆炎杰报了跳高项目。

"加油！加油！"同学们站在一旁鼓劲呐喊。

腿在最后腾空的环节时，触动了竿子。"啪！"竿子落入沙坑。第一跳失误。

第二跳，跃起的脚没有及时收回。又失误了。

陆炎杰有些急了。第三跳，他铆足了劲。竿子没有碰落，可是他的右脚却受伤了。

同学将他扶回教室。

　　班主任向绪忠闻讯急匆匆赶来，关切地询问伤势，找来云南白药涂抹上。

　　"还是得去医院检查检查。"向绪忠不放心。

　　陆炎杰的爷爷赶到学校。来得急，钱也没带。向绪忠赶紧掏出1000元。

　　从教室到校门口，有一段路程。陆炎杰不敢再让爷爷背。上次，爷爷背他，不慎将腰闪伤，住了几天医院才好一点儿。陆炎杰想自己单腿跳过去。

　　"你的腿受伤了，这样跳不安全。来，我背你。"向绪忠弯下腰，让陆炎杰趴在自己背上。

"向老师把我背到了校门口。我120多斤，向老师毕竟也50多岁，想到这些，我不禁泪如雨下。谢谢您，我的班主任——向绪忠老师。"陆炎杰写下了这段文字。

141班李星宇有点内向。进入初中的第一周，还和同学隔着陌生的横沟。下课后，一个人趴在桌子上，不由又回想起小学时的伙伴。

突然，有人轻轻推了推他。李星宇仰起头。是向老师。

"怎么了？身体不舒服吗？"向绪忠摸摸李星宇的额头，看是不是有些发烧。

李星宇摇了摇头："没有。"

"注意点儿，别感冒，身体不舒服跟我说。"向绪忠微笑着走开了。

话不多，却很暖。

"那时，我真的感觉到了父亲般的爱。向老师还十分关心我的学习，有时会问我'听懂了吗？没听懂我再讲一遍。'向老师的爱无处不在。"李星宇在爱中融入了新集体。

143班的杨书晴，2016年12月29日下午参加班级篮球赛时摔倒，膝盖骨折。手术后回家休养。

"书晴，妈给你去学校办休学手续吧。"

"我坚决不休学。"

"不休学怎么办呢？你现在无法回学校上课啊。"

"妈，我就在家自学。您给我弄一张学校的课表，我就按照学校的课表自学！"杨书晴打定了主意。

班主任向绪忠得知后，带着学校的课表来到杨书晴家。

"每周我来上门辅导。"向绪忠说。

"太好了！"杨书晴喜出望外。

"但是你的英语学习怎么办呢？在家自学，会读不准啊。"向绪忠问。

"这个不用担心，我找到一个好办法了，我在手机应用商城里下载了一个软件——英语学习助手，可以带着我读呢！"杨书晴拿出手机，一边操作，一边介绍。

向绪忠十分惊讶："看来真的是办法总比困难多啊！"

回到学校，向绪忠向其他科任老师说起杨书晴自学的事情。"这个孩子自己想办法战胜困难，战胜自我，真的不简单！"

"向老师，下次你去送教，带上我吧。"

"要得要得！"

"我也跟着去。"

"太好了！"

几位老师结成了周末送教统一联盟。

英语老师云琴找到了更适合杨书晴理解英语语法的方法，并复印了学习资料送过去。

政治老师陈鹏安不仅对她进行书本知识辅导，还教她调节青春期烦恼的方法，鼓励女孩以乐观的心态在挫折中奋起。

生物老师林毅带她做一些简单易懂的实验，将抽象的书本知识趣味化、可视化。

语文老师王昌盛将文言文知识整理装订成册，便于她巩固积累，打好基础。

五位老师持续送教四个月，直到杨书晴重返校园。

"腿虽然受伤了，但是你得到了一种精神。今后遇见什么

困难，也就能知道如何去克服了。"向绪忠说。

杨书晴连连点头。

2018年9月，杨书晴读九年级。学校每年调整班级。

"向老师，不晓得还能不能分到您的班级，不管如何，您都是我最敬爱的老师。"2018年暑假放假前，杨书晴来到老师办公室，找到向绪忠。

临走，杨书晴悄悄将一张小纸条压在向绪忠的办公桌上。纸条上写着：

  向老师，非常感谢您对我无微不至的关心，让我改变了对老师的许多看法，谢谢您在我遇见困难时，对我的鼓励，让我不再退缩；更要感谢您，在我遭遇极大的挫折时，送来的温暖，让我重拾了希望。虽然，我和您仅仅认识了两年，但我更多的感觉，您不是我的老师，而是我的朋友。您，和蔼、幽默而又不失严肃，真的就像一个"老小孩"。但您也要注意身体，少为同学们的事生气，这样对身体不好，如果真的气不过，您就想想您的得意门生们，这样心里会好受很多。总而言之，就是非常感谢您。您一定要一直开开心心，做一个快乐的"老小孩"。

三

2017年9月，新学期开学第三周的星期四，轮到向绪忠为杨帆送教上门。

沿河而上，再蜿蜒上坡，放眼望去，树上挂满红红的橘子，把树枝压得很低。

刚到杨帆家，杨帆已等候到门口，一脸微笑，犹如一路上枝头那红红的橘子，带着泥土的朴实，更带着阳光的灿烂。

"还记不记得，我叫什么老师？"

"您是向老师，以前在同一届别的班上课。"杨帆开心地回答。

几句话一下子就拉近了他们间的距离。

向绪忠在小课桌前坐了下来，打开书本。

"向老师，这章节，我自己已经提前学过了。"

向绪忠忍不住称赞起来。

不知不觉，分式一章全部学完。在学校课堂要一周学完的知识点，两个多小时便梳理了一遍。

合上课本，向绪忠问她有什么困难。

"其他科目还好，我就是担心英语没法学。"

"你知道吗，任何时候，其实都是办法总比困难多。"向绪忠说起了杨书晴病中学习的故事。

"你要向杨书晴学习。"

杨帆一一记了下来，并且像杨书晴一样，按照学校的课程表，指定了学习和锻炼时间表，张贴在书桌上，还在手机上下载英语学习软件。

点开软件，流畅的英语飘进小屋，而且还能根据所学者的跟读录音纠正发音。

"太好了，向老师！"杨帆兴奋不已。

看着如同找到法宝一般开心的杨帆，向绪忠也笑了。

一上午的课已经结束，向绪忠并没有离开小课桌。

"杨帆，你是一个很坚强的孩子，生病了还能主动坚持学习，这点很不错。每个人的人生，都不是一帆风顺的，都会遇见这样或那样的挫折。你记得张海迪的故事吗？"

"我记得。她身患重病，但是在轮椅上坚持学习工作，她被称为是中国的'保尔'。"

"是呀，勇敢的人，会将困难变成前行的动力。"向绪忠将思维的翅膀展开，载着杨帆飞入张海迪勇敢、乐观的天空遨游。

张海迪，5岁患脊髓病，胸以下全部瘫痪。在残酷的命运挑战面前，她没有沮丧和沉沦，而是以顽强的毅力和恒心与疾病做斗争，接受严峻的考验。她无法像正常孩子一样去学校上课，便在家自学。自学小学、中学全部课程，自学大学英语、日语、德语，并攻读大学和硕士研究生的课程。她把自己的成长经历写进文字，出版了《生命的追问》等书籍。《生命的追问》，不是对生命的责问、抱怨，而是对生命的深深感激与浓浓热爱。"一个对事业执着热爱的人，即使是残缺的生命，也能爆发出令人难以置信的勇气和力量。""我赞美痛苦，尽管它的重压碾碎美的人生。我更赞美人，即使被痛苦的磨盘碾碎躯壳，还会留下灵魂闪闪发光。"这些闪耀着哲理的句子成了一个时代的精神座右铭。

"杨帆，和张海迪相比，你的病算不了什么。张海迪怀着'活着就要做个对社会有益的人'这样一个信念，坚强而乐观地活着，你要向她学习，学习她面对困难的坚强，学习她战胜困难的勇敢，学习她笑对病魔的乐观。老师相信你，你也会成为一个对社会有益的人！"

"老师，我懂您的意思了。"杨帆点点头。

告别农舍，迎着夕阳的余晖，向绪忠踏上归程。

回到皂市镇，街道上，橘灯一盏盏点燃了。以前，天天路过那条街巷，却不曾留意头顶那盏盏橘灯，原来，它们是那样红，那样亮。

原来，在每个人的头顶，每个人的心里，总有一盏明灯，不论在意与否，它都默默存在，并将心路照亮。

捧在手中的清贫

一

付红姣生在农村，祖辈面朝黄土背朝天。家族中的知识分子是她的大伯——付业云，一名语文教师。

儿时，付红姣喜欢待在大伯家。

付业云家有一个和付红姣年龄相仿的女儿，两人合得来。付业云家小院有一架秋千，秋千旁有一个小橘园。这些都让付红姣心怀欢喜。更让她欢喜的，便是大伯书架上满满的故事书。

不少时光，付红姣便坐在秋千上，手捧一本书。芳香浓郁的橘子花与袅袅的书香萦绕，一圈圈将小女孩环抱其间，付红姣便沉其其间，不愿醒来。李白的洒脱、李商隐的惆怅、林黛玉的多愁……便一一与付红姣相遇。偶然，一个个小小的花苞扑簌簌落下，打在书页间，将付红姣从书本的世界里唤醒。

一个个午后，一本本书。童年在大伯家阅读的日子安然有趣。

比阅读更有趣的，还是大伯的讲述。装在大伯脑袋里的故事，时常让付红姣惊讶。即使是同样一个故事，书本里的文字无法传递出来的声音、颜色、情绪，在大伯的讲述中，成了一幅幅生动的画面、一个个鲜活的场景。战争故事里的硝烟弥漫，神话传说中的空灵神奇，历史传奇中的扑朔迷离，在大伯的讲述中，一点点印在付红姣的脑海。

除了大伯满肚子的故事让付红姣着迷，他手握毛笔挥毫的潇洒，也让她佩服。黑色的墨，随着一支软毛笔行云流水，在宣纸上跃出一撇一捺的遒劲有力，或者晕出远山近水的水墨淡雅。

大伯的偶像地位，在付红姣心里不可动摇。

多才多艺的付业云，也得到了学生的认可。每到周末，他的家便是一个小课堂，三五个学生相约而至，听故事、聊家常、荡秋千、采橘子……离开的时候，手里还会有几本老师借给他们的故事书。文学修养、为人之道，便在这种轻松愉悦的氛围中，在孩子们心中扎根。

"大伯不说那些大道理，总是将道理融于故事中，让我们听得懂，而且印象深。现在回想起来，大伯是对我影响最大的人，不仅影响了我今后的职业选择，也影响了我为人处事的做法。比如说，对于竞争，大伯讲究一定不能伤和气，不能影响双方的感情。"付红姣回忆。

儿时的付红姣和堂妹常常暗中较劲，都想得到付业云的肯定。因为他下了规定，谁最出色，谁就有最先选书阅读的权力。

夏天的午后，院子里知了鸣叫，炎热的天气让人有些困倦。付红姣和堂妹却没有一丝困倦。付业云故事里的惊奇、波折一扫她们的困意。大伯却有些倦意了。

"还讲一个，就讲最后一个。"

"好，那最后一个故事了。"

两个小女孩点点头。

也不知被两个小女孩"哄骗"着讲了几个"最后一个故事"，付业云一拍巴掌："真的不讲了，你俩今天写一篇关于扫地的作文，然后交给我，谁写得更好我就借书给谁！"

两个小女孩都不服输，各自回房构思。

付业云"偷"得片刻清闲，安静地坐在书桌前，翻阅书籍。

安静没多久，两只"百灵鸟"又闹腾起来。谁都想争第一，都急匆匆跑了过来，将手中的作文本举得老高，都希望最先得到"评委"的青睐。

付业云放下书籍，微笑地望着她们。

打了个平手。付红姣和堂妹都得到了一本有趣的书。

"你俩得互相谦让，交换着看。你追我赶很好，但是两姐妹不要失了和睦。"

两人点点头，领了奖品，肩并肩开心地阅读起来。

窗外，明晃晃的阳光隔了树照过来，在客厅外的屋檐下洒下斑驳的光影。光影中泛出一圈圈七彩的色泽。

窗内，三个身影捧卷阅读，随着手指的翻动，书页间的文字变成了一双双凝视的眼睛，与阅读人的眼做着穿越时空的对视。眼眸中，都是初相逢的惊喜。

付业云的家，成了付红姣心心念之的心灵家园。

2006年，付业云去世。

付红姣却一直记得大伯家，记得书房里塞满了书的大书架，记得小院里荡悠悠的秋千，记得在大伯家共读一本书的美好时光。

二

"大伯，您那么厉害，为什么要选择当老师呢？当老师又没有什么钱。"

"当老师虽然清贫，但是与学生们打交道的每一天都是我人生中最宝贵的财富啊！"

这番对话，一直还留在付红姣的记忆中。

付业云说这话时，眼睛里满是坚定与智慧。

年少的女孩有些茫然：大伯所说的财富，到底是一笔什么样的财富呢？

"你现在还小，还不懂，长大了就会懂的。"付业云摸了摸小女孩的头，慈爱地说。

2005年，付红姣成了一名教师，月工资600元。付业云很高兴，并送上叮咛："爱学生就要真心去爱！"

付红姣的父母却不满意。"好不容易送女儿上大学，毕业后，工资还没有我一个退休工人多。"付红姣的父亲直摇头。父亲是一名煤矿工人。一个月的退休工资就比付红姣多出大几百。

付业云宽慰："红姣，你还记得大伯给你说过的那句话吗？你要对自己的职业有信心。当老师虽然清贫，但是拥有着别人无法比较的财富，你慢慢就会懂的。"

付业云没有说错。几年后，学生夹在作业中的一张小纸条，让付红姣懂得了那份宝贵的财富究竟是什么。

2009年，付红姣第一次当班主任。

学校组织大扫除。扫地、擦窗户、清理课桌，学生们各负

其责忙碌起来。

"付老师，有人摔伤了！"

一个女孩擦窗户时摔下来，落地的时候，手腕支撑身体，承受不了突来的冲击力，右手腕受伤！

付红姣赶紧跑过去。只见她扶着自己的右胳膊异常难受。

女孩家里只有一位七十多岁的外公。外公年纪大，耳朵背，眼睛也不好。女孩急得直哭。

付红姣安慰："别哭，爸妈不在家，老师带你去看医生！"谁知这丫头脾气倔，不愿意去。

"怎么了？你是担心钱的问题吗？放心，老师来付，我会帮你处理好的！"

付红姣带着学生，赶紧搭车往乡村医院赶。

经过检查，女孩的骨头没有受伤，涂抹消炎药膏，休养一段时间就会康复。

接连三个星期，女孩不能提水。付红姣安排两个学生保驾护航，一个负责给她端饭，一个负责帮她提水。

课余饭后，付红姣坚持给她抹药。

女孩逐渐康复。付红姣悬着的心才放了下来。

批改英语作业，翻到女孩的作业本。一条小纸条跳进付红姣眼帘。小纸条上写着：付老师，您像我妈妈。

一瞬间，付红姣的心被温暖与感动包围。

"妈妈"一个词，饱含多少深情。

那时，付红姣有一个两岁的儿子。每天，孩子总喜欢缠着她，小嘴不停地"妈妈、妈妈"呼唤着。有时，孩子在玩耍，喊"妈妈"，付红姣跑过去，问有啥事，儿子却笑着说，没事啊。有时，孩子在梦里，也会嘟着小嘴喊"妈妈"，付红姣以为儿子醒来了，起身去看，却发现儿子依然沉在梦里，慢慢撇着嘴笑了。原来，孩子呼唤"妈妈"，是一种爱的表达，不一定有事才呼唤妈妈的帮助，有时喊几声"妈妈"，听见妈妈的应答，孩子便开心了，安心了，幸福了。

人的嘴唇所能发出的最美好的呼唤，就是"妈妈"。

当我们悲伤哭泣的时候，最渴望能与之分担的人，是——妈妈。

当我们成功欢呼的时候，最渴望能与之分享的人，是——妈妈。

可是，这些山里的留守孩子，不知有多久没有见过自己的妈妈，不知有多久生疏了"妈妈"这声呼唤。

苦了，一个人承担。

下课后，付红姣时常与学生谈心

乐了，一个人分享。

付红姣忍不住流下泪来。泪水里，有感动，也有心痛。

教师宝贵的财富是什么？不就是学生这些暖心的表达吗？付红姣还惊喜地发现，这份财富利息无限，可以累积，与付出成正比，付出多，收获多。一名教师的付出，原来是可以获得双份收获——学生收获成长，老师收获欣慰！

付红姣终于明白了为什么大伯当年甘守清贫却乐在其中，终于明白了为什么有那么多如大伯一样的乡村老师，即使生活困顿也要执着守护知识的火种，点亮大山孩子的星空。

付红姣对学生多了一份妈妈式的关爱

"用爱唤醒爱，用心灵唤醒心灵，愿作一个妈妈式的好老师，愿学生如我的孩子一般，感受到老师的爱，愿我儿长大也能遇见好老师。"付红姣亲吻着娇嫩的儿子，默默地说。

学生胡玉引第一次住校过集体生活。

晚上去宿舍查房，胡玉引躲在被窝里哭。

轻轻掀开被窝，付红姣抚摸着孩子的头。

"想回家，想妈妈。"胡玉引有些不好意思，但又无法止住泪水。

"第一次住校是这样的，慢慢就习惯了。"付红姣轻声安慰。

整整一个星期，胡玉引还没有调整过来。想家，躲在被窝里哭。

"你这孩子啊，哪里都好，就是太想家了。你如果想家想得厉害了，可以给我留纸条，可以到办公室来和我说说话。"付红姣说。

擦掉眼泪，胡玉引不好意思地点头。

胡玉引没有主动来办公室找付红姣，付红姣便主动联络她。接连一个月，胡玉引终于适应了住校的日子。

一天晚上，付红姣去寝室查房。只见胡玉引满脸通红，想哭又努力强忍着。

难道这丫头又想妈妈了？

付红姣微笑着坐在胡玉引床边，关切地问："怎么啦？是不是想家了？"

胡玉引却摇头。

"遇见啥困难了吗？"

"付老师，我……我那个……就是那个来了。"

哦，原来是丫头长大了，每月开始有"亲戚"拜访了。

"这有啥要哭的呢。"付红姣笑了。

带着胡玉引购买卫生用品，并告诉她如何使用以及饮食注意事项。

第二天，付红姣不放心，冲了一大杯红糖茶端了过去。见胡玉引还一脸惴惴不安，付红姣宽慰："别担心，每个女孩成长的过程中都会经历的，这说明你长大了，不再是小孩子了。"

胡玉引有点害羞地笑了："付老师，你真好！我妈妈都没有教过我呢！"

在付红姣的手机里，还一直保存着一条微信：姐，说心里话我最感谢的人是你。

发微信的人叫夏选飞，曾是付红姣的学生。

"其实，对于他，我是后悔的，因为我当初没能将他劝回来。"付红姣说。

初一下学期，夏选飞没有按时返校。付红姣上门做工作。

"老师，十分感谢您。不上学，是我自己决定的。"夏选飞态度坚决。

"是不是家庭困难？如果有困难，我们一起想办法，好吗？"付红姣不想放弃。她知道，大山里的孩子，比城里的孩子更渴望知识，只是贫寒的家庭成了他们通往知识殿堂的一道门槛。跨过去了，世界天地宽；没有跨过去，浮云遮望眼。

"老师，我……我还是不想上学。我想跟着父亲学点手艺。"望着老师那双真诚的眼，夏选飞有些触动，但是他觉得自己读不进去了，身回学校了，心也在外面。

在一旁的父亲说："娃读不进去了，倒不如学点手艺，还能养活自己。"

离开时，付红姣还是不放心："你还好好考虑，你还小，人生的路还长，多学点知识，要不然，今后会后悔。老师在学校里等你回来。"

夏选飞没有回校，而是跟随着父亲外出当泥瓦匠。

10多年后，夏选飞回到学校，专程看望付红姣老师。

见面第一句话，竟然是："付老师，我真的很后悔，我当初没有听您的话，我应该回学校读书的。这个社会，太需要文化了。"

依靠在外打工当泥瓦匠的收入，夏选飞买了车，有了属于自己的家，但是心里仍有一个地方空荡荡的。那个地方，原是要存放知识的地方啊，如今却存放着悔意。

"这件事情，对我的触动也很大。如果当初，我再努把力，再想想办法，也许，我就能将他劝回学校了。这也让我更加懂得，对于学生，一定要不抛弃，不放弃！"付红姣说。

三

2017年，金橘丰收的季节，付红姣前往杨帆家。那是付红姣送教上门的第一堂课。

一路上，小车穿过果实累累的橘园，在弯弯山路上前行。

付红姣无心欣赏窗外金黄的果园。她有些忐忑不安，不知道如何面对那个曾经阳光灿烂的花季女孩。

农家小院里，一个挂着双拐的女孩正站在门口，热切地张望着。

那是杨帆病休后师生第一次见面。

杨帆拄着拐杖，一步一步朝她挪过来。付红姣赶紧加快脚步，跑向女孩。

心酸，充满付红姣的心间。但是又不能表露出来，怕杨帆更难受。

付红姣深呼吸。她要努力压下心里的那种痛，要让杨帆得到信心，而不是简单的同情。

在母亲和奶奶的帮助下，杨帆卸下拐杖，坐在课桌前。

一对拐杖，靠墙站着。

拐杖正放在付红姣抬眼便能看见的墙边。付红姣忍不住又是一阵心疼。

"杨帆，我们开始上课了。"付红姣将思绪收回，拿出课本。

"老师，我已经预习了。我下载了学习英语的APP，很有用呢！"杨帆笑了。

"哦，很不错啊！"付红姣表扬。

回头，却看见微笑的小女孩已有不少白头发。又一阵心酸涌了上来。

"那时，看着表面坚强的她，我暗叹，这孩子不知受了多少煎熬！我一定要帮帮她。"付红姣在日记中写到。

杨帆想尝尝草莓酸奶，付红姣默默记在心里，等下次见面送上。

杨帆想和学校优秀学生李茜做朋友，付红姣打听到李茜的QQ号码，并为两人牵线搭桥。

杨帆想听英语课文朗读，付红姣找材料并发给她。

杨帆想更好地了解每个单元的重点知识，付红姣跑到书店买了一本教材同步解析送给她……

　　春天，金银花盛开，小小的、长长的如同喇叭一样的花朵，吹奏出一缕缕芬芳。杨帆家洋溢着甜蜜而欢快的气息。

　　"杨帆，我们去摘金银花吧。"下课后，付红姣合上课本，深深地吸气，满腹的馨香让她也感染了春天的欢快。

　　"好呀！我们这里满山都有金银花呢！"

　　两人提着小篮，走出小院。

　　小院外的墙角，开满了细小的白色金银花。花儿尽情地盛

付红姣给杨帆义务辅导

开着，洁白的椭圆形细碎花瓣中伸出小小的花蕊，花蕊散发着醉人的清香。原本一朵朵单独看上去并不起眼的小花，一簇簇，一片片，将一面简易的墙装点得春意盎然。

"杨帆，小小的花朵也有春天。你看，这些金银花，长在角落里，平时也许并没有人注意到它们，但是不管有没有人欣赏，到了春天，它们就快乐地盛开。"

"我们山上，到处都是金银花呢。平时，还真的没有怎么去注意它们。"杨帆笑着说，一边摘下一朵，放在鼻前，深深地嗅着。

付红姣采几朵花瓣，递给杨帆："长大后，你想干什么？"

"我长大了也想当老师，像你们一样！"杨帆接过花朵，毫不迟疑地问答，一脸的骄傲与自信。

身后，满枝的金银花也展露着笑脸，喜悦而自信。

看着沉浸在花香中的杨帆，付红姣也幸福地笑了，一幅幅画面不由在她眼前闪现。

那对曾陪伴杨帆的拐杖"退役"了，那张曾愁容不展的脸舒展了，那本曾记录泪水的日记本写满了欢喜，那间曾填满孤独与无助的农家小院飘荡起了笑声……

看着一个曾经悲观的女孩脸上一天天绽放出笑意，看着一个昔日沉闷的家庭一步步走出阴霾，付红姣更加明白了大伯当年所说的那句话。是呀，这就是一个老师的财富！最宝贵的财富！

一缕馨香，合着春天特有的气息，溢满心间。

送你一对翅膀

一

回？还是不回？

看着身边的同学一个个背起行李往家赶，原先热闹的寝室突然安静了下来，万亚芬有些犹豫起来。

好不容易等到周末，真想家了，想睡在自家那软绵绵的小窝里，想吃上妈妈亲手烧的饭菜，想在熟悉的田埂上赤脚奔跑，想吹吹稻田里带着淡淡芬芳的风……想着想着，万亚芬又不觉好笑起来。才离家几天啊，怎么就这样脆弱呢，不行，我得克服心里的思念，做一个能独立生活的人，做一个能远走他乡的人，做一个能告别情感依恋的人。

万亚芬将书包放下，拿出书本，想转移注意力。靠窗坐着，几缕微风轻轻吹拂，吹动书卷，也吹乱了心。记忆深处，曾经那么熟悉的场景，宛如一只手，轻轻地拉着她的衣角，似乎一万个声音在轻声而又急促地呼唤："回家吧，回家。"

初三那年，万亚芬转学到常德临澧县城的丁玲学校。告别熟悉的家园，远离熟悉的校园，她有着千般不舍。在新学校独

立生活几个星期以来的千般感受，仿佛也如浪涌动，一并冲刷着她伤感的心堤。那么勇敢地在人前挺住的堤啊，此时，无须再那样故作勇敢了，终于决裂了一道口子，眼泪唰地涌了出来，点点滴滴，如断线的珠子滴落在书页上。

突然，一只手轻轻地放在了万亚芬的肩头，耳边响起一个熟悉的声音："你怎么还没回去啊？是不是打算住校？"

回头。是班主任谭冬梅老师。

来不及彻底从伤感的河流里上岸，万亚芬还垂挂着几滴泪。轻声地嗯了一声，又忍不住抽泣起来。

谭老师轻轻地坐了下来，微笑着望着哭鼻子的万亚芬。

不说话，就那样静静地陪伴着，等着女孩自己平复心情。

万亚芬擦了擦泪水，迎上老师的目光。那种慈祥的眼神，不用说话，都似乎让万亚芬感到已经聆听了千言万语。深深地吸上一口气，万亚芬不好意思地笑了。

"你长大了，总有一天会离开妈妈的怀抱独立生活。老师知道你是一个意志力坚定、乖巧的孩子，你一定会克服困难，适应新学校生活的。如果遇到什么困难可以及时告诉我，我会尽力帮你解决。"见万亚芬的情绪已经好转，谭老师这才站起身，轻轻拍了拍女孩的肩膀，离开了寝室。

转眼即将中考。

"你们的体育成绩会记入中考总分，希望同学们重视。"

可一定要帮我多抬分啊！万亚芬深深吸了一口气。体育，可是她的长项，读小学时她就多次参加学校运动会。

体育测试一共两个项目。

立定跳远，正常发挥。

最后一项测试是八百米。铆足了劲，最后一拼。

气喘吁吁，双脚渐渐沉重。即将到达终点，蓄积力量，万亚芬想来一个完美的冲刺。突然，双腿像被什么绊倒，"啪！"双膝跪在地上，血流了出来。努力想站起来，可是钻心的疼痛让她双腿一软，坐在地上。

谭冬梅急匆匆跑过来，"赶紧去医院！"

一路上，谭冬梅不停地安慰："不要怕，我知道很疼。世上凡事都不可能一帆风顺，总会有磕磕碰碰。你这次成绩真不错，你是跑完后摔倒的，不会影响成绩。"

清理，包扎。受伤的膝盖被缠上厚厚的纱布。万亚芬像折翅的鸟，不能飞翔，不能奔跑，连走路都很困难。

回到教室，谭冬梅再三叮嘱其他学生下课后不要追赶打闹，以免碰撞到万亚芬，并派了两名同学护送她上下楼、负责去食堂打饭。

下课后，谭冬梅来到万亚芬课桌旁："考虑到你伤口的安全，这样吧，晚上你就到我宿舍里住。"

万亚芬抬头，迎来一道目光。那目光，犹如母亲的目光，慈祥，温暖。

谭冬梅的宿舍在二楼，40多平方米，一间卧室，一间书房。书房里，摆放着一个大书架，上面摆满了书。谭冬梅将书房腾出来，搭了一个临时的铺，让万亚芬居住。又邀请与万亚芬合得来的李一帆同学，跟万亚芬做伴，并方便照顾她。

晚自习后，她们便来到谭冬梅宿舍休息。

有时，谭冬梅给她们加餐，将水果等好吃的送进书房。有时，还给她们"开开小灶"，在小桌上补课，帮她们梳理知识点。

　　一个星期后，中考结束。万亚芬和李一帆才搬出书房。那时，受伤的膝盖，渐渐结痂，淤血慢慢消散。

　　积聚在万亚芬内心里的感动，则如一只扇动翅膀的小蝴蝶，一直栖息在记忆的枝头。

二

　　2012年，万亚芬走上了教师岗位。

　　在条件艰苦的石门南北镇中心学校担任五年特岗教师，2017年8月调入皂市镇中心学校。

　　50多岁的英语老师卓小卫，成了她的同事。每次评课，卓小卫都是学校里的学生最喜欢的老师。

　　"他是如何做到这一点的呢？"万亚芬开始认真观察他，并走进他的课堂，寻找答案。

　　在卓小卫的课堂里，每个学生都是他关注的对象，鼓励性的语言能让不愿开口的孩子也变得活跃起来。

　　跟班学习一段时间，万亚芬找到了答案。

　　其实答案很简单，那就是——爱学生。

　　张艺萧同学，由于家庭变故，性格大变。曾经温顺的女孩，突然变得叛逆，与家人吵架、打架。学校教导处工作人员就曾因劝架，被张艺萧的小刀划伤。张艺萧自我放弃，不食"人间烟火"，一日三餐都是零食等垃圾食品。卓小卫知道后，主动联系学生家长："孩子就是孩子，成长中必然有错误，没什么不能够理解和原谅的。"卓小卫又找张艺萧聊天，疏通她的心理。慢慢地，卓小卫用尊重与关爱唤醒了女孩。如今，张艺萧终于又变回了原来的自己，正常吃饭，说话轻言细语，与家人的态度也缓和了下来。

"真正把每个学生当作了自己的孩子，即使只是一个凌厉的眼神，我也不会用。"万亚芬记住了卓小卫时常说起的那句话。

"每个孩子都是家庭里的宝，作为老师，要善待每一个孩子。"万亚芬给自己定下规矩。

善待孩子，就要懂得善待他们的失败。龙禹宏考砸了，自己是生物课代表，生物却没有考及格。万亚芬将他叫到办公室，没有责备。"这次你就当作是一个教训，下次努力，失败是成功之母，老师相信你。"随后，万亚芬又耐心指导他怎么预习、复习，如何将知识点掌握扎实。"那天，我离开办公室时，老师还给了我一个微笑，让我充满了信心。"龙禹宏记住了老师鼓励的微笑，微笑成了他前进的动力。

善待孩子，就要懂得善待他们的苦恼。李源只身一人来到陌生的环境，一时无法自信地融入新的集体。上课望着黑板走神，下课盯着窗外发呆，夜晚躲在被窝哭泣。文体活动时，万亚芬来到李源身边，关切地问："老师发现你老是走神，有什么心事吗？可以告诉老师吗？"李源如实告知。万亚芬轻轻地说："没关系，你要学会适应，多与其他人说说话。很快就会好起来的。而且，总有一天你会踏足社会，要适应一个个陌生的环境。"几年后内向的孩子想起那一幕，依然十分感动："一个在教室里那么威严的老师，私底下居然会有那么温柔的一面。现在我想起来，总有一种感觉，如果我成绩不好或者犯了什么错，都会对不起老师的谆谆教诲，这种感觉让我有一股子学习的动力。"

在学生们心中，与他们年纪相差不大的万亚芬，既是老师，更像姐姐

善待孩子，就要懂得善待他们的身体。李桂华还记得：2017年11月，班上大多数同学感冒了，教室里时时传出咳嗽声。那天上完体育课，李桂华和同学们敞着外衣走进教室。万亚芬看见了，赶紧叮嘱："这么冷，就别把衣服敞开了，别再感冒了。"尽管只是一句简单的叮咛，传递出来的温暖却一直没有消散。

善待孩子，就要懂得在他们遇见困难时伸出援手。戴如慧忘不了，那天，她正在老师办公室敲打键盘。手指似乎与键盘闹别扭，不是找错键盘，就是选错文字，一双手艰难地在键盘上敲打，一篇并不长的文章，却总是打不完。窗外的夜色越来越浓，戴如慧的心越来越急，越急键盘越不听使唤。万亚芬推门进来问："还没有打完？"戴如慧一脸挫败感地点点头。"别打了，你早点休息去。我明天抽时间把它打完。"戴如慧回头，柔和的灯光洒在万亚芬的脸上。老师那张慈祥的笑脸让她有种想哭的幸福感。

善待孩子，就要懂得当他们遇挫放弃时陪跑助力。田潮群报名参加了初中时代的第一场运动会，他想挑战自己，选报了大家不愿意报的比赛项目——考验耐力与体力的1500米长跑。"你能行吗？"看着个头并不高、体魄并不强壮的田潮群，同学有些质疑。质疑的眼神，更加促使田潮群要证明自己。比赛开始后，他铆足了劲，冲锋在前，可是还只跑半个圈，心脏就扑通扑通地急跳，额头上也冒出许多汗珠，他的脚步明显慢了下来，后面的选手一个个反超上来。疲惫的脚步更加沉重，比脚步更沉重的是一颗想证明自己却又开始下沉、计划要放弃的心。突然，他的身旁出现一个身影，班主任万亚芬！万亚芬一边陪跑，一边鼓励："加油，别放弃！相信自己！"田潮群原本沉重的心仿佛拥有了一对神奇的翅膀，被一种神奇的力量托起！最终，他第一个到达终点！田潮群忍不住号啕大哭。"自从那件事以后，我感触很深，同时，也不断地坚强起来了。"田潮群收获了比冠军奖牌更为重要的精神力量。

　　在学生们心中，与他们年纪相差不大的万亚芬（左一）老师，更像知心姐姐

三

　　2017年，下课。万亚芬匆匆忙忙正准备上车，手机铃声响起。电话里头传来一阵欢喜且充满期待的声音："您好，万老师，我是杨帆，您今天有空吗？什么时候来我家啊？"

　　万亚芬笑了："正准备出发呢！"

"这个小女孩最期待的是每周星期四的到来，你看，都等不及了呢。"万亚芬笑着对司机邢承武说。

"出发！"

汽车车轮飞速地滚动起来。

目的地到了。刚走进杨帆家院子，就见她在奶奶的搀扶下迎了上来，亲热地招呼："万老师好！"

四方桌上，书本已经打开。

"等久了吧，不好意思，来晚了！"

"我知道老师一上完课就赶过来了，辛苦了。"师生两人相视一笑。

课程从"房树人"的心理小测验开始。

"我们先做一个游戏，把你以前经常见到的，或者在梦中所梦见的事物形象在纸上描绘下来。要求有房子，有树，还要有人。"

杨帆按照老师的要求，拿出白纸，画上房子、树木以及人。

"房树人测验"属于心理投射法测验，根据一定的标准，对这些图画进行分析、评定、解释，万亚芬想以此来了解杨帆的心理现象。

房子，代表个体出生、成长的家庭，并体现了对家庭的想法、感情和态度，投射内心的安全感。例如，门反映出潜意识中的人际关系，门紧紧关闭，可能表示孩子的防御性比较强。

树，代表自我形象、姿态，显示内心的平衡状态，也象征感情，投射人们对环境的体验。比如，树枝象征着实现目标的力量，能力和适应性；树冠象征个体性格；树上结满果实，可见孩子心思缜密，有创造力和想象力；单线条的树，表示受测

者内心忧郁；画嫩叶，表明渴望或者正在重新开始；树干涂成黑色或者树根呈鹰爪状，表明受测者潜在的攻击性意识较强。

人，体现心理和躯干上的自我。如果画面中的人是符号化的，表明受测者有掩饰性。如果不画耳朵，说明受测者可能有逆反心理，不愿听家长啰唆。如果画大耳朵，受测者可能比较敏感。如果笔下的人背对着，可能表现出受测者内向的一面。

杨帆拿着笔，面对洁白的纸张，她显得很拘谨，画笔小心翼翼地在纸上行走，好像生怕画错了什么。10分钟过去后，她长长舒了一口气，将作品递给老师。

万亚芬拿着画纸，微笑着品读："首先从画面的饱满程度看，我可以肯定地说，你是一个性格开朗、活泼大方的女孩。但房子高大、窗户较小，这可以看出你不愿向他人表达自己的真实感受和想法。老师说得对不对？"

"太神了吧，一幅画就能看穿我的心事！老师，我真的是这样的。"杨帆脸上露出微笑。

"你在房子前面画了五棵树，但树画得很小，说明你对自我价值不肯定，自信心不足。你要多多鼓足信心哦。"万亚芬继续点评。

"是啊，我是觉得自己不自信。"杨帆点点头。

"我们再看看你画的人。你一共画了六个人。"

"这是我们一家啊，这是爸爸，这是妈妈，这是奶奶，还有爷爷，这个小小的就是我的妹妹，这个嘛，呵呵，就是我了。"杨帆指着画纸，一一介绍起来。

画纸上，每个人的嘴角都微微上扬着，那是微笑的表情。

"这说明你觉得自己有一个幸福美满的家庭而感到高兴。"

"对啊！尽管我们家这些年太不容易了，出了一些不好的事情，但是彼此关心，我们还是感到很幸福。"杨帆笑了。

"你现在最想做的事是什么？"万亚芬放下画纸，看着杨帆。

杨帆那双大大的眼睛，像一汪深深而又清清的潭水，仿佛可以一望到底，但又有什么阻隔了那份清澈。这汪潭水里，明显藏有着与她年纪不相符的忧郁。

万亚芬多想如拨开潭水里的青草绿苔那般，拨开层层忧郁，露出潭水原有的清澈与欢快啊。

杨帆的大眼睛转向墙角。墙角挂着一只泛黄的书包。

"万老师，我想读书，我想和其他人一样坐在教室里学习。"

大眼睛又慢慢从书包转移，投向窗台。

杨帆抱住万亚芬

窗外是连绵不断的大山，山上有弯弯曲曲的山路。

弯弯曲曲的山路，连绵不断地将大山与山外相连。

杨帆不觉又想起了自己充满艰辛的求医之路，如这窗外的山路一般，曲曲折折，坎坎坷坷。

"我无法行走，爸爸妈妈背着我，抱着我，有时是抬着我。就这样一步步，从家里出发。我不知道他们把我带到哪里去，凡是有希望治这个病的地方，他们就带我去……"

万亚芬静静地听着。直到这时，她才了解杨帆这几年离开校园后的真实生活。尽管有所耳闻，但是旁人的讲述中，省去了多少含泪的细节，删去了多少无望的苦熬。光是那一次次怀着希望走进医院，却又一次次痛苦地寻找下一个希望，这种感受，在女孩心中都将会积累起多沉的苦，磨出多厚的茧。

情到深处，杨帆的大眼睛里噙满泪水，却一直强忍着，不让它落下来。

女孩回头，轻轻用手背抹去那颗欲落未落的泪滴，微笑着看着万亚芬："万老师，不瞒您的，休学后在家的日子，真的不好过。我的脾气变得很暴躁，经常摔东西，整天睡在睡椅上发呆，有时还和奶奶对着干。我曾抱怨命运的不公，为什么噩运偏偏降临到我身上，别人都健健康康的，偏偏我的病还治不好，别的同学都能坐在教室里学习，为什么偏偏就我不行。"

"老师知道你心里的苦，今天，你把它们说出来了，这点很好，这也意味着你敢于去面对这些苦难了，而不是去回避。老师给你讲几个故事，好吗？"万亚芬微笑着迎上那双大眼睛。

"好。"

"我先说说霍金的故事吧。"

霍金是有史以来最杰出的科学家之一。他21岁时，不幸患上卢伽雷氏症，只有三根手指可以活动，疾病已经使他的身体严重变形。1985年，因患肺炎做了穿气管手术，他又失去了说话的能力。

疾病，将他的身体禁锢在轮椅上，但是无法禁锢他穿越宇宙、自由飞翔的思想。

手术，永远夺去了他说话的能力，但是无法剥夺他与地球、未来、飞跃时空对话的权力。

从宇宙大爆炸的奇点到黑洞辐射机制，霍金思索的不是小我的生与死，而是宇宙的过去与未来。

一次演讲结束后，一位女记者问他："病魔已将您永远固定在轮椅上，您不认为命运让您失去太多了吗？"

他的脸上充满了笑意，用他还能活动的3根手指，艰难地叩击键盘。显示屏上出现了四段文字："我的手指还能活动；我的大脑还能思维；我有终生追求的理想；我有爱我和我爱的亲人和朋友。"在回答完记者的提问后，他又艰难地打出了第五句话："对了，我还有一颗感恩的心！"

"杨帆，人活着就有希望，人永远不能绝望！比大海更广阔的是天空，比天空更广阔的是人的胸怀！即使病魔让霍金缩在狭小的轮椅里，但是他的思想是长着翅膀飞翔的精灵，飞翔在无限空间。你要记住，任何时候，都不能放弃希望！你能做到吗？"

不知何时，杨帆的奶奶也静静地坐在一旁。听完万亚芬的讲述，她忍不住望着杨帆，充满期待地等着孙女开口。

　　杨帆似乎也看出了奶奶的心事，看着奶奶，并一个劲地点头："奶奶，我也可以的。"

　　奶奶和万亚芬都欣慰地点头。

　　与杨帆的交流中，万亚芬越发感觉到，农家里的课堂，与学校里的课堂有着很多的不同。眼前这个正接受着疾病折磨与考验的女孩，更需要获取的，并不是文化知识，而是对生活的信心与希望。如何让她获取这些精神的营养，来给心灵提供有力的支撑呢？万亚芬费了不少心思。"每次送教，都不敢马虎，都希望能给她不一样的惊喜与收获。"万亚芬说。

万亚芬陪伴杨帆做康复训练

　　怎样让杨帆知道人的能量具有无限可能？万亚芬设计了一个实验。

　　她拿出一个盛满水的杯子、一盒回形针。

"一杯已经倒满水的杯子里，能够放多少回形针呢？"杨帆看着满得几乎要溢出来的杯子，有些犹豫地预测："最多几个吧！"

"那好，你试试吧。"

杨帆小心翼翼地拿起一枚回形针，轻轻地放进水杯。水杯没有任何变化。她又拿起一枚，再次轻轻地放进去，水杯似乎也没有啥影响。

万亚芬用鼓励的眼神看着她。

杨帆又拿起几枚放了进去。回形针在水波中打了几个圈，便静静地落了下去。

"98，99，100！"

当100枚回形针扔进杯子，水杯的水依然没有漾出，杨帆有些惊奇地瞪大了眼睛。

"198，199，200！"

当第200枚放进去，杨帆简直不敢相信。

"一杯水，明明看上去已经满了，却仍然有容纳200枚回形针以上的空间。我们总是习惯性地给自己设限，过高地估计困难的程度，低估了自己的潜能。我们一定要自信！你不去尝试，永远不知道自己的极限在哪里。"望着杨帆充满疑惑的眼神，万亚芬循循善诱。

怎样让杨帆知道生活有苦更有甜？万亚芬围绕棒棒糖借题发挥。

"杨帆，这么大一个棒棒糖啊！"万亚芬看见杨帆的桌子上有一块心形图案的棒棒糖。

"是啊。"杨帆开心地笑了。

师生二人做实验，看装满水的杯子，能放多少回形针

"糖是甜的，又是心形的，送糖的人肯定与你关系不一般。"

"确实，这块糖是表姐送的。"

"表姐送给你的，不仅仅是一块糖呢，更是她的一种希望和祝愿。你品味出来了吗？"

"嗯……我明白了，表姐希望我战胜病魔，早日过上甜蜜的校园生活。"

举起棒棒糖，看着晶莹透亮的"心"，杨帆的心也透亮起来。

怎样让杨帆知道梦想是心灵的翅膀？万亚芬把音乐引入课堂。

高高的山岗上，传来嘹亮的歌声——

每一次　都在徘徊孤单中坚强
每一次　就算很受伤也不闪泪光
我知道　我一直有双隐形的翅膀
带我飞　飞过绝望

不去想　他们拥有美丽的太阳
我看见　每天的夕阳也会有变化
我知道　我一直有双隐形的翅膀
带我飞　给我希望
……

"杨帆，你知道吗？每个人都一直有双隐形的翅膀！"
"我知道！我会努力，带着隐形的翅膀，飞过绝望！"
"对，飞过绝望！"
山风吹拂，轻轻抚慰，轻轻唱和。

师生二人在山上自拍

苔花虽小也如牡丹

一

"对学生严，可能会让学生记恨一阵子，但是绝对会让学生感恩一辈子。我小学的语文老师，就是这样的好老师。"黄庆媛回忆。

那时，她读小学三年级。语文老师叫刘达周，刚从师范学校毕业，说话斯斯文文，上课还有些腼腆，动不动就红脸。

"这个老师，应该好对付！"淘气的男生暗地里观察后，得出结论。

小小的孩儿们哪里知道，刘达周其实是柔中带刚，不达目的决不收兵，不好对付呢！黄庆媛就见识了他的本领。

正在课桌上写作业，刘达周经过，停了下来："你的字太小了，要写大一点儿。"

黄庆媛抬起头，轻轻地"哦"了一声。

小手握住笔，笔尖继续在纸张上划过。第一笔明显大了起来，但是写着写着，一笔一画就像是缩了水的毛衣，紧紧巴巴地挤在一起。

"你看，你的字写得小，就像手脚都没有伸展开来，笔画就容易打架，字也就显得十分潦草。"刘达周弯下腰，从黄庆媛手中拿起笔，示范起来。

"一个字，至少要占一个空格的一大半，这样才好看。记住了吗？"

黄庆媛接过笔，笔尖在空格子里转悠了一圈，竟然不知该从哪里下笔了。这么大的一个"房间"，这些笔画该放置在哪里呢？

"慢慢就习惯了，每个字，写大，写清楚。"刘达周交代了几句，便离开了黄庆媛的课桌。

黄庆媛长长地舒了一口气。

"把字写大一点儿，再大一点儿。"黄庆媛在心里默默地提醒自己。写着写着，字又回归到了原来的模样。

管它呢，反正老师不在这里了，赶紧把作业写完！

"黄庆媛，你的字，要写大一点儿，一定要记得啊。"第二天，刘达周经过课桌，又停了下来。

黄庆媛硬着头皮，握起笔，尽力将字放大比例。

那个学期，刘达周似乎和黄庆媛"较量"上了，绝不放过她的字。从单个单个的字要写大，到一行一行的字要大小一致，再到一勾一捺要有一定的笔力，刘达周"逼"着黄庆媛一点点改掉了书写马虎的毛病。

写字不规范、潦草这个"钉子"终于拔除了，刘达周又盯住了另外一颗"钉子"——惧怕写作文。

作文课，刘达周布置了作文题目《第一次洗衣服》，进行了简单的讲解后，便把时间交给了学生。

洗衣服，我们的衣服都自己洗啊，我第一次洗是在什么时候？是什么动作？是什么过程？是什么心情？

一连串的问号在黄庆媛脑海里冒泡。

挖空心思，苦思冥想，花了整整两节课的时间，最后一数，整篇作文才写出20多个字！

老师收作文本，班上一片哗然。原来，像黄庆媛一样，挤牙膏般挤不出啥句子来的，还大有人在。

作文本发下来的时候，黄庆媛发现，刘达周做了满满的批注，批注的文字远远超过她的作文。

作文讲析课上，刘达周问："同学们，写作文可怕吗？"

"可怕！"

"太可怕了！"

同学们哭着脸回答。

"现在感到可怕，是因为你们掌握的词语还不丰富。等掌握的词语多了，就会感到写作文一点儿都不可怕，相反，还很可爱。"

"如果写天气，若是晴天，你们就可以用天气晴朗、万里无云、风和日丽、太阳公公露出了笑脸等词描绘；若是阴天，可用阴云密布、遮天蔽日、暮色昏沉等词描绘。"刘达周将词语一一写在黑板上。

那些词，那么美，又那么陌生，黄庆媛似乎从来不曾见过。

那时，他们的手中，只有语文、数学课本，没有作文辅导书，没有文学读本。

从那之后，刘达周不仅在语文课堂上为孩子们摘抄优美的词语，并且每周都会在教室后面的黑板上抄一篇优秀作文。

下课后，学生们便挤在那块黑板前，读啊，背啊。

黄庆媛还将自己喜欢的句子抄在笔记本里。

慢慢地，写作文，变成了一次次与美好词语、情感的对话。黄庆媛爱上了这样的对话。

慢慢地，山里孩子的眼睛被美好的词句点亮了。看见满山坡盛开的杜鹃花，知道可以用"万山红遍"来形容；看见橘满枝头，知道可以用"硕果累累"来描述；看见大雪压山，知道可以用"银装素裹"来赞美。因为有了美好的词语，那些曾经平常的画面，在学生们的眼中慢慢有了诗情画意。

被文学点亮的，更有山里孩子的心智。看见江水奔流，逐渐懂得"青山遮不住，毕竟东流去"的决然；看见花开花落，逐渐明白"花开若相惜，花落莫相离"的惆怅；看见云卷云舒，逐渐清楚"宠辱不惊，去留无意"的洒脱……

小女孩不再害怕写作文，而是爱上了每周的作文课。文字越写越长，越来越有文采，黄庆媛的作文还时常被当成范文，被刘达周朗读给全班听。

"学写作的经历，给了我很大的启示。当我自己当老师后，我时常会想起它，并告诉自己，每个学生都是花朵，都可以盛开，别急着放弃任何一个花骨朵。"黄庆媛说。

二

2011年下学期，黄庆媛担任皂市镇中心学校七年级125班班主任。刚开学不久的一个傍晚，她正在办公室批改作业，张振良手捂着额头，面色憔悴地走了进来。

"怎么了？看你脸色不好。"黄庆媛连忙站起身，关切地问。

"老师，我头疼，可能感冒了。"

黄庆媛摸了摸他的额头。额头有些烫手。"哎呀，都发烧了。"

张振良从小就爱生病，小学期间，还曾因病休学两年。新学期报名时，张振良的奶奶就忧心忡忡，担心孩子又会因病耽误学业。临走时，老人仍不放心。黄庆媛握着老人的手安慰："您放心，张振良的身体，我会格外关注的。"

开学才只有几天，张振良就突发高烧，黄庆媛不敢马虎，赶紧汇报到教导处。

"孩子发烧，还不明病因，赶紧送医院，不耽搁！"黄庆媛和学校校长陈基铸将张振良送到皂市镇卫生院，并打电话通知家长。

经医生检查，张振良重度感冒，肺部感染，需要住院治疗。黄庆媛跑前忙后，办理住院手续，将已经十分虚弱的张振良安顿下来。

一个小时后，学生家长急匆匆赶到医院。挂着吊瓶的张振良已经睡着，黄庆媛正坐在病床前守护着。

"哎，这孩子怎么办呢，这个身体素质，真担心他这学期都无法完成学业啊。"望着张振良消瘦的脸，父母又心疼又担忧。

"他的胃口不好，很多东西不吃，挑食。我想，看是不是每天中午给他送饭，让他吃好一点儿，但是，我又怕饭菜冷了，孩子吃不上一口热饭啊。这怎么办呢？"奶奶在一旁叹气。

"奶奶，您把饭送过来，中午和晚上，我给他热，这样，他就能吃上热饭了。"黄庆媛笑着说。

"那……那怎么行呢，您那么忙，怎么能老是麻烦您。"老人有些顾虑，但又想不出比这更好的方法。

一句简单的承诺，黄庆媛用一百多天的坚持兑现着。

早上10点左右，张振良的奶奶便将饭菜送到教室，然后回家做农活。

11点左右，黄庆媛来到教室，从张振良那里将饭菜取走，带到家里加热。

中午、晚上，分两次将热气腾腾的饭菜送到张振良手里。

遇上黄庆媛外出，那碗热气腾腾的饭菜也未曾中断过。有时委托隔壁班的老师代劳，有时便直接将家里的钥匙交在张振良手里，让孩子自己加热。

整整一个学期，奶奶用心烹饪的饭菜，如同一只爱的接力棒，周而复始，不停地在老人、学生、老师之间传递。这场爱的接力，强壮了张振良的身体，也强壮了他的心灵。张振良从以前隔三岔五要感冒一场，变为一个学期才感冒一两次。他对这所学校的感情，也因为这一碗碗盛满深情的饭菜更加深了。

"黄老师，我想给孩子转学。"2012年的一天，张振良的父亲走进老师办公室。

他们夫妻俩在石门县城做生意，想将孩子接到身边读书。

"我们也考虑了，奶奶年纪也大了，把孩子一直交给老人家也不好。再说，县城的教学环境也好一些。"

"孩子跟着爸爸妈妈，对他的成长是有益的。你们和张振良商量过吗？"

"还没有。"

　　黄庆媛将张振良叫到办公室。

　　"什么？转学？我不转！"毫无思想准备的张振良感到十分惊讶。待回过神来，他态度坚决。

　　"我们这是为你好，你还是好好考虑一下。"父亲不想放弃。

　　"爸，我在这里很好，老师对我很好。你们要是对我好，就不要给我转学。"张振良没有回旋的余地。

　　父亲拉着他的手，伸开双臂抱他，想通过这种方式改变儿子的决定。

　　办公室里，黄庆媛望着意见不一致的父子，不知该说什么。

　　在农村，许多人如张振良父母一样，为了生活，远离家乡，外出务工。皂市镇中心学校有学生529人，其中留守孩童162人。在家庭中，失去了父母双翼的呵护，留守孩童学着独立，学着坚强，学着在想爸妈的时候努力不去想，学着快要流泪的时候尽力不去哭。孩子们变得坚强了，但是与父母之间的亲子关系，变得有些微妙起来。

　　想相互依赖，但是想有个肩头可以依靠的时候他不在身旁，依赖便逐渐消散。

　　想彼此温暖，但是想有个怀抱可以拥抱的时候他不在身旁，温暖便逐渐变凉。

　　这又何尝不是留守儿童之痛、务工父母之痛？

　　看着张振良态度如此坚决，黄庆媛为失望的父亲伤感，又不觉为孩子的选择欣慰。

　　张振良不善言辞，黄庆媛每次将热气腾腾的饭菜送到他手里，他总是一脸羞怯，感激的话憋着，不知该如何去表达。但是黄庆媛从他的眼神中读到了这种感激。今天，又在孩子不容商量的态度中，读到了。这种感激，无须言辞，学生懂，老师也懂。

张振良留了下来。

在校园里，见到黄庆媛，张振良总是充满感激而又有些羞怯地报以一笑。

倒是张振良的奶奶情感浓郁。在校园里，每次见到黄庆媛，总是不停地道谢。

一年春节前，黄庆媛接到老人电话。

"黄老师，我们家弄了一些腊肉，给您送些过来。"

"真不用呢，你们留着自己吃。"

"我家振良总是要您照顾，我们要好好感谢您。"

"老师给学生提供帮助，是老师的心意与责任，您老啊，就别放心上了。"

老人又多次跑到学校接黄庆媛去家里做客吃饭，黄庆媛都拒绝了。

几年后，张振良考入石门县一中读高中。

不善言辞的张振良给黄庆媛打来电话，回忆老师给他的点滴帮助。那一朵未曾直接表达出来的"感谢"之花，终于在电话里绽放了。

"那天，他在电话里说了很多很多，他平时话很少，在学校里都没有和我说那么多的。我想，他拨通这个电话之前，是鼓足了勇气的，这份勇气的背后，应该是他对初中生活的不舍，对初中老师们的不舍。"黄庆媛回忆。

老师付出了多少，其实，在学生心中，能够称得出爱的轻与重。

　　苏依婷同学，便在心里称出了老师轻轻拍在她肩头的那份轻与重。那天，她忐忑不安地走进老师办公室。"老师，我觉得这次没考好，特别是数学和物理。""对啊，你这次考得确实令人有些不满意，但你也不要灰心，还有时间，还有努力的机会。"黄庆媛微笑着鼓励。听着听着，苏依婷的眼泪不争气地流了下来。黄庆媛一边递过纸巾，一边伸手轻轻拍着苏依婷的肩膀："丫头，别急，慢慢来，以后多问，老师会帮助你的！"黄庆媛掌心传递的爱，让苏依婷感到温暖与力量。刚才还满怀于心的那份失落与自卑，仿佛轻得已经被风吹远吹散。小姑娘止住了哭泣，不好意思地笑了起来。含着一汪泪水微笑的眼眸，映着老师一张慈祥的笑脸。

课余时间，黄庆媛给学生辅导，疏通知识难点

梁婷同学，便在心里称出了老师轻轻念叨里的那份轻与重。梁婷曾不慎左手骨折。原本要外出务工的母亲不得不留下来照顾她。母亲的留，让她既高兴又不安。她多么希望母亲能留下来，但是不希望以这种心酸而又无奈的方式留。那段时间，是家里经济上的煎熬期，也是梁婷情感的煎熬期。尽管她还能继续来校上课，但是生活中充满了不便，不便爬上宿舍的上铺，不便拧干毛巾和衣服，不便穿脱衣服。以前简单的举动，都成了一件"大工程"。黄庆媛及时给她调整床铺，并动员同学们多多关心她、帮助她。黄庆媛还时常唠叨着希望她快点好起来。走在校园里，都会有好心的老师和同学们问候梁婷，眼神里，没有视而不见的冷漠，而是痛其痛的心疼；言语中，没有例行公事的客套，而是言由心生的温暖。慢慢地，原来沉重如石堵塞于心的那份惆怅与低落，仿佛轻得已经化为流水漂远。

三

2017年下学期第八周星期四，正值秋天，轮到黄庆媛为杨帆送教上门。

七年级时，黄庆媛便是她的生物老师。印象中的杨帆，嗓门洪亮，活泼好动，是一个十足的乐天派。

"哎，多好的一个女孩，怎么会生这么一场病？也不知她现在变得怎样了。"一路上，黄庆媛无心看窗外的风景，暗自念叨着。这也是杨帆生病离校后，黄庆媛第一次去见她，心里有些不安。

早上8点多，黄庆媛就来到了杨帆的家门口。杨帆已经在

奶奶的搀扶下，等待在坡上。

"黄老师好！"杨帆脆脆地叫了一声，便迈步要下坡来接老师。

坡面，没有硬化，铺着一些碎石子。黄庆媛赶紧加快脚步，快速上坡，好让杨帆少走几步。

尽管连独自站稳都很困难，但是杨帆的脸上一直洋溢着微笑。

眼前的杨帆变了，又没有变。

七年级的模样，和现在的模样，在黄庆媛的眼前交替。

以前行动起来风风火火的女孩，变得行走都需要搀扶；但是那双大眼睛，还是当年的样子，充满乐观。

以前圆圆的娃娃脸，变得有些浮肿，两鬓还有一些白霜；但是微微上扬的嘴角，还是当年的样子，满含笑意。

在小课桌前坐下。第一堂课讲述的内容是《生物体的组成》。一个小时里，黄庆媛带着杨帆将书本上的知识梳理了一遍。

"杨帆，刚刚我们学了这些，接下来，我们到屋外实地观察花、果实的结构吧。"

杨帆喜出望外，在园子里上生物课，还是头一回呢！

黄庆媛搀扶着杨帆，慢慢走出课堂。

碎石土坡的两旁，都是橘子树。树上挂满了黄澄澄的果实。真是一个收获的季节！

阳光照进果园，果实、绿叶散发出一种奇异的光泽。

橘园就是课堂，甜蜜的果实、碧绿的树叶，便是现成的教案。

那堂课，成了杨帆记忆中印象最深的一堂课。

果园上课

　　在我印象中最深刻的课堂是生物学的一堂课。这堂课，老师把课堂搬到了野外。老师扶着我慢慢地来到我家屋旁的果园里。老师先给我讲果树是由根、茎、叶、花、果实、种子组成的，然后介绍它们各自的组成和功能。我摘了一个大大的橘子，一边剥皮，一边听老师的讲解。就这样，一堂课讲完了。最后，我和老师把那个橘子尝了尝。哇，甜甜的，还有一道清香。

杨帆将那天的惊喜与甜蜜，变成了文字。

"杨帆，每个生命，都有它存在的价值与意义；每个生命，都有它坚强与乐观的一面。你看，小草虽柔弱，但是它能在春风刚苏醒、寒冬还未走远的时候，从冻僵的土壤里钻出来。你看，苔花虽然很小，而且总是生长在别人不太留意的角落，但是它也能学牡丹花儿盛开。"黄庆媛望着杨帆，轻声地哼唱起歌曲《苔》。

黄庆媛上门为杨帆送教

是啊，生物世界里，有多少生命在萌生，在奋斗，在战风战雨。它们也许很渺小，也许很柔弱，但是它们尽情地以自己最美的方式，生长着。

"白日不到处，青春恰自来。苔花如米小，也学牡丹开。"歌声，随着山风，在大山里飞扬……

杨帆回学校参加生物结业考试

接过父亲的教鞭

一

　　江慧慧的父亲曾是一名教师。在她童年生活的回忆里，一直珍藏着几张画面。

　　其中一张画面，便是父亲和学生一起，围着火炉聊天、煮面条的场景。父亲在石门县三中教语文，并担任教导主任，江慧慧跟随父亲住在学校。周末或者是学校放短假，住在石门县泥市、壶瓶山等偏远山区的学生，要是选择在这短短的几天时间里回家，大部分时光都将花费在路上，便干脆选择留校。父亲便将他们带回自家，点上小火炉，一边和学生们聊着天，一边煮着面条。"你们现在读书的条件，也许和别的孩子相比，会差一些，但是和我们那时相比，真的是好了很多呢。"担心偏远山区的学生因家境贫寒而自卑，父亲讲起了自己的求学经历。隔着一层层升腾起的水雾，在他的讲述中，江慧慧逐渐体会到了父亲的不易。为了赚到学费，捡砖、拾瓦、种田、砍柴、编草鞋……锐利的砖渣扎伤了脚板，火毒的太阳烤伤了脊背，尖细的草梗刺破了手指，劳动中的苦，滋养了父亲的心灵。用拿过农具的手拿起书本，用编过草鞋的手编织梦想，父亲一步步从大山中走出，成为一名教师，又回到大山执教。"尝过苦，方知甜。""只有劳动才能体现价值。""光有梦想还不行，还要用行动去实现。"……父亲的话，如一束束光，和着那炉火闪动的光亮，共同照亮了孩子们的眼；父亲的故事，如心灵的滋养，与那一碗碗面条一起，共同丰满了孩子们的心。

另外一张画面，便是父亲和学生一起在漤水河边嬉戏的场景。清澈见底的漤水河，与石门县三中只隔着草坪。父亲经常将没有回家的学生带到自己家里过周末。学习累了，父亲便带着他们来到小河边。冬天，山村静了下来，小河静了下来，一切都似乎沉浸在梦里。不远处那座弯弯的古老小桥，如月钩悄悄地打捞小河的心事；又似乎是一只弯弯的耳朵，正静静聆听着小河的梦里呢喃。父亲带着江慧慧和三两学生，来到桥下，随手捡起河滩的小石子，抛掷出去。小石头呈弧形划过河面，目光随着石子飞跃的路线一并起飞，然后降落于小河里，轻轻跌入河流柔软的梦里，慢慢荡漾起一圈接一圈的圆形浪波。小河依然安静着，如瞌睡人的眼，只是偶尔微微睁开看一眼，便又香香地睡去。最有趣的，还是夏季的周末，父亲带着孩子们去河边洗衣服。父亲蹲身浆洗，孩子们则脱下鞋子，扑进小河打水仗。小河的水很浅，望得见河底光溜溜的小石子。孩子们追逐嬉戏，用一双双小手蓄满水花，尽情地撒向对方。衣服湿了，脸上也满是水珠。"枪林弹雨"密集时，江慧慧睁不开眼睛，一边闭着眼睛，一边双手加快速度，飞快地将水花抛出，一边又被追击得步步后退。暂时投降的孩子，退到一边，抹去水花，看清战局，然后再发动猛烈进攻。在岸边洗衣服观战的

父亲也不免多次中弹，全身湿漉漉。父亲并不恼，而是微笑着全盘接收。有时，父亲也会忘掉年纪，投入战斗。整条小河沸腾起来，欢笑起来！水仗打累了，江慧慧和大哥哥大姐姐们便在河边追逐。一个跑，一个追，在水波里钻来钻去。有时是人追人，有时是人追浪。玩累了，便坐在河滩上，脚拍打着河面，看着浪如何追逐着浪。那时，柔软的波浪，如柔软的手臂，轻轻拥抱着、牵系着、拉扯着；又如根根看不见的丝带，一根根一缕缕缠在腿肚上、脚丫间。

江慧慧多希望，多希望河流的手，就这样，牵绊着时光的脚步，让它走得再慢一些，更慢一些。这样，溇水河边嬉戏的画面，还能一次次在现实中重复，父亲还能与他们同在，不会永远离去。

"父亲离开我们已经有八年了，他对我的影响，是终生的。我选择教师这个职业，也是受了他的影响。"江慧慧说。高中毕业后，她毫不犹豫地报考了常德师范学校。

在新的学校，她遇见了对她一生有深远影响的第二位好老师——班主任汪远德。那时，汪远德刚大学毕业。

1988年，班上三名同学生病，都住进了常德市第一人民医院。一个骨折，一个伤寒，一个痢疾。三名学生家都在外县，父母在外务工。汪远德便安排三名同学，一对一照顾。整整一周，他每天早上冒着风雪给三个病号送早餐。一个住在医院一楼，一个住在二楼，一个住在四楼。大清早，汪远德便带着饭盒在医院里跑上跑下。

江慧慧患上痢疾，不能吃油腻食物，汪远德清早起来煮一大碗白米粥，然后用保温瓶盛好，再用布包着。送到医院，白米粥不烫不冷，正好入口。江慧慧出院前一天，天下着大雪。"这么大的雪，路上又滑，估计老师来不了。"江慧慧正念叨着，病房门被推开了，一个满身雪花的身影走了进来。是汪老师！"等久了吧，饿了吗？"汪远德一边笑着问候，一边打开布包裹，拿出保温瓶，将满满的一瓶粥放在桌上。

"我不清楚老师这一路是怎么过来的。雪地里，走路都容易打滑，老师又是如何一手推着自行车，一手保护着为三名学生准备的食物，艰难前行。我没有问，但是我心里一直保持着一个风雪里艰难行走的身影，这个身影很模糊，又异常清晰地让我会记得一辈子。"

三名同学出院后，落下的课程，老师们也一一利用休息时间，给他们补了上来。

二

132班的学生娟子，生了一种怪病，每次发作，先是大喊大叫，大汗淋漓，然后口吐白沫，不省人事。母亲想让她长期休学，但是娟子执意不肯。发病后请假，病情稳定后回校，娟子艰难地继续着学业。

正在上语文课，同学们热烈讨论着柳宗元被贬后的抑郁心情。有同学突然举手："江老师，娟子不太舒服。"

江慧慧连忙走过去询问情况。

娟子一把将江慧慧抱住，满怀恐惧地说："老师，我怕，我怕！"边说边大哭起来。

江慧慧紧紧抱着她，一边轻轻拍着她的背，一边抚慰："别

怕，坚强点，老师在。"

不久，娟子被送到医院。

那次，娟子因病休学半年。

回到学校后，娟子的学习落下很多，赶不上节奏，心里很急。

"娟子，你不急，老师每天中午给你补课，你会赶上来的。"江慧慧安慰。

师生俩约定，利用午饭后一段时间，就在三楼的办公室补习。

补习李白的《行路难》时，江慧慧想利用诗词和娟子谈谈心。眼前这个女孩，因为疾病、贫困，正是行路难的时期，正如诗歌中所言，人生路"冰塞川""雪满山"。

"'欲渡黄河冰塞川，将登太行雪满山。'这两句诗，象征人生道路充满艰难险阻，人生的路大多曲折不平。人生行路如此之难，李白放弃了吗？失望了吗？你看后面几句，多么豪迈，多么乐观。'长风破浪会有时，直挂云帆济沧海。'李白坚信，一切都会好起来的，这表现了他准备冲破一切阻力去施展自己抱负的豪迈气概和乐观精神。每个人的人生之路，都会遇见这样或那样的困难。你说，是不是这样呢？"

娟子点点头，若有所思地说："老师，这首诗，让我明白了很多。现在，虽然多家医院都未查出我的病因，无法治好我的病，但我不会退缩，不会放弃学业。我一定要像李白一样，乐观、坚强。"

娟子黄瘦的脸上闪动着别样的光彩，那是困难中焕发出的坚韧的光彩。

江慧慧被这种光彩感动了。

"娟子，你放心，老师不会放弃你的。你自己也不要放弃。"

记不清有多少个"午间半小时"，就在三楼那间小小的办公室，江慧慧将女孩落下的课程一点点补了上来，也将女孩理想的翅膀一片片修复起来。

三

2017年秋季学期开学第二周星期四，是江慧慧第一次去杨帆家送教的日子。

如何让她懂得每个人的成长都会充满坎坷，如何让她相信苦难也会成为前行的垫脚石，如何让她坚信乐观的人会让泪水开出幸福的花儿来。

江慧慧为此精心设计了课程。

翻开文学书卷，沿着一代代文豪前行的脚步，她捡拾起那些沉在脚窝里的汗水与泪水，呈现给杨帆。

793年，21岁的柳宗元进士及第，名声大振。永贞革新中，他挑起大梁。不料改革失败，柳宗元被贬为邵州刺史，再被加贬为永州司马。他从人生的高峰瞬间跌入谷底。乐观的他寄情山水，《柳河东全集》的540多篇诗文中有317篇创作于瘴疠之地的永州。"千山鸟飞绝，万径人踪灭。孤舟蓑笠翁，独钓寒江雪。"他在茫茫天地之间，手握孤傲的笔，写下江雪一般的高洁。

1057年，苏轼进士及第，那年，他20岁。1079年，因"乌台诗案"差点送命。被贬黄州时，他手持超然乐观的笔写下："莫听穿林打叶声，何妨吟啸且徐行。回首向来萧瑟处，也无

风雨也无晴。"这绝不仅仅是遇雨的感受，更是经历无数人生挫折与磨难后的感悟。

"杨帆，如果他们当时人生十分顺利的话，也许历史上只是多了一个达官贵人，但是却少了一个文坛巨匠。勇敢乐观的人，会把苦难当成人生的一次磨砺，不抱怨，不纠结，平静地迎接苦难带给他的一切不适。胆怯悲观的人，则把苦难当成一种不幸，心生'为何受伤的人偏偏是我'的愤怒，胸怀'别人为何这样顺利'的嫉怨。"

"老师，我知道了，我现在遇见了困难，生了大病，曾经想过放弃，觉得我们家很不幸运，我很不幸运。如今，那么多人关心我，老师不断地鼓励我，请您相信，我不会放弃的！"

"我们每人的心情，都会波荡起伏。有时候，我们会很坚强，有时候，我们又会很脆弱。你可以尝试写出自己的心情、自己的感受。写着写着，心情也就好了。不信的话，你试试。"

"好的。我试试。"

江慧慧和杨帆约定，除了在约定好送教上门的时间交流外，她们还会在文字里相见。

每周，杨帆坚持写周记。江慧慧送教上门时，杨帆便交给她。轮到其他老师送教上门时，杨帆便委托他们转交。

每次，江慧慧都会在周记里用心做上批注。

厚厚的周记本，成了师生二人的心灵花园。在这花园里，她们栽下文字的种子，培育着自信的花儿。

杨帆用文字告诉老师读完《水浒传》的心得，江慧慧在文章末写着："希望你也做一个有正义感的孩子，能与不良恶习斗争，做一个对社会有用的人。"

　　杨帆读完《鲁滨逊漂流记》，与老师分享自己对于勇敢的理解。江慧慧高兴地鼓励她："面对困难不畏缩，你现在也置身其中，所以你也要调整好心态去面对困难，加油。"

　　当面对媒体的采访，杨帆有些困惑，悄悄问老师："那么多人知道我病的事情，他们会用什么眼光看着我呢？我该怎么办？怎么做？"江慧慧回应："其实，你也该放下心，世界上有那么多人关心你、呵护你，你要改变你自己，让自己更有勇气战胜眼前的困难，不要依赖任何人，做坚强的自己！"

　　杨帆放下了困惑，接受了媒体的采访，并在周记中写道："记者叔叔亲切的问候和关切的话语，让我放下了顾虑。因为世界上还是好人多。整个采访进行了一上午，虽然很累，但心里高兴。记者叔叔临走时还对我说：'有什么困难就联系我。'其实我想说，叔叔你已经帮了我，谢谢你们的关心和帮助。"江慧慧高兴地看见了杨帆的改变，鼓励她："相信自己，相信世上好人多，一定会有奇迹。其实，近段时间你已经创造了奇迹，你从脚都不能抬起到现在可以甩掉双拐，这就是奇迹，加油！我们一直是你坚强的后盾！"

　　杨帆看见风雪中的橘

江慧慧为杨帆托举梦想

树依然青翠，忍不住摘下一份生命之绿夹在周记里，分享给老师。江慧慧鼓励："我也希望你像橘树一样，不被困难打倒，坚强地面对一切。"

杨帆感受着义务送教老师的关爱，感受着社会对她的问候，饱含着泪水写下："我是幸运儿。"江慧慧也忍不住流下泪来："是呀，可爱的幸运儿，你要加油！既然背后有那么多的人，那就是你最强大的动力，并且你要记住这世界的一切。"

看着老师们每周四奔赴一个不变的约定，杨帆怀着一份挥之不去的感动写下感恩之情。江慧慧微笑着提笔告诉她："在世界每一个角落都有温暖的阳光，让每一个人都在温暖的阳光里健康成长。为理想扬帆启航！"

……

一篇篇，阅读着杨帆的周记；一步步，走进了杨帆的心里。

在师生两人的心灵花园里，江慧慧看见了渗透纸背的泪水，更看见了乐观绽放的笑容；看见了放下双拐独自前行的不安，更看见了一个小女孩放下怯懦，心怀梦想，扬帆启航！

编织梦想的网

一

石门县维新镇阳峰山，一个偏远小山村，村里总人口三百多人，方圆六七公里，地广人稀。考虑各方的上学路程，村里的小学最终建在半山腰。

向左平的家离学校两三公里。未满五岁，家人就将他送到学校。

"在学校里，有老师照顾，还过得好些。"父母望着一脸泪水的向左平安慰。

父亲是生产队的船工，常年在外漂泊。母亲在家既要出集体工，又要照顾年迈的老人和三个年幼的孩子。

向左平是家里的老大。如果不赶上那年的春季招生，以后就得耽搁好几年。村小学要几年才招一次生。

向左平成了班上年纪最小的学生。

背着书包，提着饭盒，向左平小小的身子在山路上移动。坑洼不平的两三公里，往往要走半个小时。遇上雨天，道路难行，要一个小时左右。

启蒙老师杨孚明，20多岁，高个子。他的出现，让小小年纪的向左平相信了父母的话：有老师照顾，还过得好些。

学校旁，有一眼甘甜的泉水，渴了，孩子们便用手捧着喝，用饭碗舀着喝。"别喝生水，要不肚子会疼的。"杨孚明反复强调，并每天在孩子们上学前早早起床，在山上捡来干柴，点燃灶火，烧热大锅，一担一担地将泉水倒进锅里烧热。然后又一勺一勺舀进一口大水缸里，再盖上圆形的缸盖。满满的一大缸水，足够学生们一天到晚都有干净水喝。

冬天，孩子们走进校园，不仅可以喝到热乎乎、甘甜的清泉水，还有一盆闪动着红光的炭火等着。雨雪天，向左平和不少同学一样，没有雨鞋穿，一路踏过来，鞋子、袜子、裤管全湿了。杨孚明便升起炭火，供孩子们取暖，并烤干湿衣服。向左平重新套上冒着热气的鞋袜，一股暖流直抵心尖，说不出的温暖与幸福。

到了中午，杨孚明还轮流给孩子们热饭。一下课，20多个学生便拿出自己带的中饭，排着队，等待杨孚明一一炒热。"端好，小心烫着。"向左平从杨孚明手中接过饭盒。

一天天，一年年，向左平都记不清，在袅袅的热气中，杨孚明弓腰炒菜的画面，究竟重复了多少次。

更让向左平一直难以忘怀的是杨孚明宽阔的背脊。向左平小小的身子，就曾在那背脊上，一年年地长大。

山里的天气，说变就变。特别是雨季，大雨和暴雨说来就来，严重时还会引发山洪。大雨时节，杨孚明便按照学生们回家的路线，排好顺序，护送学生一个个回家。

有一天，天雨路滑，山路泥泞难走，向左平背着书包，提着饭钵，吃力地跟在杨孚明身后，急急地往家赶。忽然脚一滑，腿一软，一下跌出三四米远。杨孚明赶紧把他扶起来，捡来满是泥水的书包和饭钵，一把将向左平背了起来。

向左平满是泥水的衣服，弄脏了杨孚明的背。

杨孚明双手后抱着向左平的双腿，无法撑伞。

向左平将伞撑起，努力想向老师那边倾斜。杨孚明则反复交代孩子将伞打好，别淋雨感冒。

趴在宽阔的背脊上，向左平偷偷地哭了。

泪水滴落，和着老师背上的汗水，一起湿润了向左平的记忆。

"老师背了我多少回，我记不清了。每每想起那一幕幕，我都有一种想哭的冲动。"5岁的儿童，到了50岁的年纪，想起老师的背，向左平还是会感动，一如当年。

1975年，杨孚明身患重病，不得不离开讲台。联校调了好几个老师，但都留不住。

1980年，向左平高中毕业，村里推荐他当民办老师。执教的学校，就是他小学的母校。

病中的杨孚明得知消息后，叮嘱向左平："山里的孩子读书不容易，你要把他们当自己的亲人一样看待。"

向左平连连点头。

山里娃的不容易，他懂。

山村老师的不容易，他也懂。

二

"读什么书？"庄稼地里，向延林的父亲挽着裤管，不以

为然地说。

"向延林都8岁了，到了读书的年纪，而且他自己也想上学。"站在田埂上，向左平仍一遍遍地劝说着。

向延林跟在父亲身后，扯着田里的杂草，眼睛偷偷地看着父亲的脸。

"读书，有什么用？反正是栽田种地！"父亲依然没有回旋的余地。

"爸，我要读书！"向延林忍不住争取机会。

"读书没用！"父亲扔出一句话，自顾自地走开了。

向延林低垂着头，哭了起来。

"不能耽误了孩子啊！"向左平无奈地摇头。

向左平想不明白，为什么山里人不知道读书的作用呢？山里穷，为何穷？就是因为没有文化啊！那些祖祖辈辈没有读过书的山里人，难道没有穷怕吗？难道想让孩子沿着穷的老路走下去？

全国大规模的扫除文盲运动的春风，早已经吹进大山，1982年颁布的《中华人民共和国宪法》中，更是明确规定："国家发展各种教育设施，扫除文盲。"村头村尾到处是学习文化的标语。村里的青壮年文盲、半文盲们，白天下地劳作，晚上参加夜校扫盲。可是，一个正处读书年纪的孩子，父母怎么忍心让他成为文盲呢？

"娃儿，你放心，老师不会放弃的。"擦干向延林的眼泪，向左平安慰道。

第二天，向左平又上门劝学。向延林的父亲避而不见。

第三天，再次上门。孩子父亲坐在墙根，不表态。

第四天……

也不知上门做了多少次工作，向延林终于走进校园。

一个月后，向延林突然又不来了。

向左平再次登门。

"农忙季节，屋里事多，伢儿要跟我做帮手。"向延林的父亲回答。

为了防止学生们中途辍学，向左平想出一个办法。上学期间，他每天早起，一路邀学生一起上学。

"向延林，上学去！"

"向九香，老师在外面等你！"

"邱武仲，准备好了吗？"

"向绪春，要出门了！"

"罗成红，快点了！"

……

清晨，一声声不厌其烦的呼唤，终于唤醒了农家人的意识；一次次慈爱诚恳的相约，上学的队伍终于变得庞大、稳定。

转眼到了2000年，每学期的学费由以前的几元、几十元，逐渐提高，涨到了几百元。

那时，教育附加费由学校收取统一交乡镇，教师工资由乡镇发放。学生的费用收不起来，老师的工资发放便会受到影响。

向左平班上有20多个学生，一期学杂费一万多元。向左平每月工资五六百元，可是由于学生的学杂费无法及时上交，他曾有好几年都没拿过工资。

一边是自己的家需要工资养，一边是山里学生无钱上学。"有钱没钱，先上学再说，交钱的事慢慢来。"向左平没有犹

豫，仍将一个个因贫困面临辍学的孩子劝回学校。

"没有工资，我只是暂时吃穿苦一点儿、差一点儿。但是没有书读，孩子就可能会苦一辈子、差一辈子！"向左平想得很明白。

每到期末，一些家长才陆陆续续缴齐学杂费。这时，向左平才能得到属于自己的工资。

有困难的家庭，不得不一拖再拖。

"向老师，实在对不住。这个学期，我们还交不起钱。"

"没关系，以后再交吧。但是下个学期，孩子还是要送来读书。"

从1996年到2003年，陈化荣两姐妹先后在向左平班上读书，总共缴费不到1000元。女孩们的母亲是聋哑人，父亲体弱多病。欠交的学费，向左平也未曾催促过。

向延志，读了六年书，总共交了几百元。1998年，山体滑坡，他家的房子被冲垮。催缴学杂费的话，向左平开不了口。直到2016年正月，向延志的父亲才主动还清所有学杂费。

覃建军三兄妹，相继跟着向左平上学10年，学杂费欠了3000多元。他们的父亲患肺结核病故，向左平不忍开口去催。三兄妹外出赚钱后，才将学杂费还清。

1985年，杨孚明因病去世。给孩子们烧水热饭的身影，风雨中护送孩子们回家的脊背，"你要把他们当自己的亲人一样看待"的叮咛，则一直刻在向左平的心里。

三

2017年10月12日，星期四。向左平来到杨帆家。

"老师，这是您给我布置的作业，做得怎么样？"

向左平抬头，与杨帆相视一笑。

接过作业本，是一幅山脉和十四个地形区图。字迹一丝不苟，铅笔线条清晰，地图画得精细而干净。

"嗯，不错，看得出来，你十分用心。"向左平连连点头。

随后，他们将书翻到了中国的交通运输业。

杨帆望着如丝网纵横交错的铁路图，找到常德的位置，手指沿着铁道线向北行走。

"老师，这条铁路我们坐过。当年，爸爸妈妈带我去石家庄治病。"

坐汽车，转火车，一路颠簸的经历仿佛又在眼前。

那时，杨帆的腿不能动。家里租来一辆车，将杨帆抬上车，一家人赶到石门县火车站。再登上北上的火车。

没有钱买卧铺票，只能坐硬座。

累了，杨帆便仰睡在父母的腿上。

更多的时候，杨帆坐在窗户边，睁着一双无助的大眼睛，呆呆地望着。窗外的树木、房屋飞速闪过，江南的碧水青山，逐渐被北国大片的高粱棉田替代。

在火车上足足坐了30多个小时。车厢，成了他们一家临时的家。

天南海北的人，从不同的地方暂时聚在一个小小的车厢里，又到各自要去的地方。

　　沿途，车厢内，有人上上下下，有人来来往往。有人并肩而坐，共赴同一终点，却不曾说一句话，成了熟悉的陌生人；有人对面而视，短短几个小时的相伴，便熟如亲人。真是一幅世态万象图。

　　车厢里，有人关切地问询杨帆的身体，并热心帮忙联系医生朋友；有人冷漠地视他们为"病毒"，生怕传染了什么。

　　下了火车，汇入人流的杨帆一家，面对陌生的火车站，茫然不知所措。车站的一名服务员热情地将他们送出车站。一对不知名的夫妻又主动带路，将他们送到汽车站……

　　有冷，更有暖。

　　他们在石家庄待了9天。

　　医院里，一名姓赵的医生给杨帆留下了很深的印象。

　　"在这里住不住得惯？"

　　"还需要哪些帮助？"

　　"有什么不方便的，请及时告诉我。"

　　……

　　每天，赵医生都会嘘寒问暖。语气里，充满暖意。

　　几名年轻的护士，每次看见娇小的杨书芳吃力地搀扶杨帆，都会主动上前帮忙。

　　杨帆在医院检查期间，综合结果要几天才能出来。一名护士热心联系医院附近的民宅，让他们一家能够安顿下来。

　　伸出去的那双双友善的手，支撑起了杨帆软塌无力的身躯，也支撑了她随时将会坍塌的灵魂。人世的美好，亲情的温暖，哪怕只有一点点光亮，都给绝望中的家庭、悲哀中的女孩"挺下去"的勇气。

　　"杨帆，你们上次去石家庄，走的线路还记得吗？我们来梳理一下吧。从石门走石长线，到长沙，然后乘坐京广线，再到石家庄。"向左平将杨帆的思绪拉了回来。

　　杨帆看了看地图："不对呀！老师，我们从石门出发后，是从襄阳去的。"

　　"哦，那你们的路线是从石门出发，走焦柳线到达南阳，然后转漯河，再走京广线到达石家庄。"

　　"为什么我们乘坐的线路和您所说的不一样？"

　　"交通部门会根据旅客、货物的流量设计火车的运行路线，还要将一些中、小城市连起来。这样，那里的人们出行就更顺利。人们可以根据实际需要选择不同的出行线路。正所谓条条道路通罗马，前往同一个方向，可以有多种选择。"向左平解释着，并讲述起一些线路艰难开通的故事。

　　路，真是一部立体的史书。逢山开山、逢水搭桥，多少建筑工人们将青春与生命留在路上，化为不眠的眼睛，目送着列车平安远行。1974年8月开始，长达10年，官兵们在与世隔绝的天山深处与钢钎、铁锤为伍。为了天山公路，有的在悬崖峭壁开路时英勇献身，有的在空气稀薄的冰峰以身殉职，有的在暴风雪中成为永恒的雕塑……148位筑路官兵献出生命，最大的31岁，最小的16岁。2001年6月，青藏铁路正式开工。5000米的高山要爬，12公里的山谷要架桥、数百公里的冻土区无法支撑铁轨和火车，就在这样的艰难险境中，我们建起了"离天最近的铁路""世界上最高的铁路"。青藏铁路成为中国"敢为"精神的最佳例证。铁道兵十师连长邓广吉，修建青藏铁路，带病上高原，不幸去世。他留下遗嘱："我若死去，

把我的骨灰埋在青藏高原上，我生前没有把铁路修通，死后也要看到铁路修到世界屋脊上。"

……

"杨帆，我国的铁路建设经历了艰难的发展过程，资金、技术、设备极其短缺，许多铁路建设者献出了生命。沪昆铁路不是一次性通车的，沪杭线、浙赣线、湘黔线、贵昆线同样如此。其实，我们人生的路，也同样充满艰辛。你说，是不是呢？"向左平微笑着问。

"是啊，都不容易，都有好多坎坷。"

"遇见困难，挺过去了就海阔天空。路通了，带动了沿途地区的经济发展，正所谓火车一响，黄金万两。路通了，更是拉近了世界的距离，让日行千里、夜行八百不再是梦想。想一想，我们在人生路上，遇见了一些坎坷，闯过去了，是不是也同样感到别有洞天呢？"向左平开导。

"向老师，您说得对，面对困难，要有敢于闯过去的勇气和信心！"

"是的，当你调整好这样一种心态后，再回头看那些困难与挫折，你的内心会变得强大起来，会看得清艰难中的美好。"

换一种视角，同样的一条路，在坎坷艰难中，我们会遇见幸福与美好。是啊，路，还会是一道流动的五线谱。来来往往的人，大大小小的城，都是这条辽阔无边的五线谱上跳动的音符，奏响着属于自己的旋律。有的演奏着重逢的歌谣，奔波千万里赴一个美丽的约定；有的演奏着富裕的曲调，大山深处的资源不断输向远方。

是呀，在路上，一辆辆通往春天的列车，踏着时间的节拍有序前行。让那贫困的乡村变了模样，让那古老的山寨焕发容光；把边远小镇与繁华都市千里一线牵，让土家娃儿与城里阿妹相逢一瞬间；缩短了山与水的距离，缩短了穷与富的差别。

"杨帆，我们石门是茶叶之乡、柑橘之乡。以前，没有铁路时，我们的茶叶要通过马来进行长途运输，十分艰难，有一个词叫做茶马古道。现在，有了铁路，运输就便捷多了。通过那一条条铁路，石门的茶叶、柑橘，经过长途旅行，运往全国各地，还远销到海外了呢。有一句话说：要想富，先修路。现在，石门的不少老百姓就靠茶叶、柑橘脱了贫致了富。闭上眼睛想一想，你早上采摘的橘子，到了晚上，就到了另外一个城市的小朋友手中，是不是很快呢？"向左平将铁路建设与家乡发展联系在一起，细细地为杨帆讲解。

一张路网图，仿佛一幅精彩的画卷，将美好与梦想铺展在杨帆眼前。

杨帆望着书页间纵横交错的路网，思绪不觉又飞扬起来。

"老师，我今后一定要沿着这些线路，去走走，去看看。"

"老师，原来石家庄离北京好近啊！真可惜，上次治病没有去过北京。"杨帆用手指衡量着路网图上"北京"与"石家庄"的距离，惊讶不已，又充满遗憾。

"没关系，等有机会了，你可以去北京。北京是全国的铁路中心，来，我们一起想想，下次你去北京，可以有哪几种走法。"

"好！"杨帆的兴致更高了。仿佛第二天，自己就可以拖着行李幸福远航！

杨帆在纸上写下前往北京的线路图，脚步来不及细细停留，

她又想去上海看看，去拉萨走走。

"世界这么大，有机会，我一定要出去看看。"杨帆的眼睛里写满期待与欢欣。

是啊，孩子，梦想，不仅仅在我们充满想象的脑海里，更是在我们丈量大地的脚步中。有机会了，一定要用脚步去踏寻这些真实存在的铁路与公路！

透过杨帆清澈的眼眸，向左平似乎看见一个七彩的梦想，正在纵横交错的路网地图里诞生，正在女孩心里慢慢升腾……

向左平上门为杨帆送教

生活的七色光

一

"这是你们每天吃的菜吗？"班主任胡明山看了看覃和平的饭碗。

饭碗里，一碗米饭，一点儿酸盐菜，一点儿炸辣椒。

"从家里带来的。带一次，就吃一个星期。"覃和平一边将冷菜埋在碗底，通过热饭来加热，一边回答。

胡明山又看了看其他几个学生的饭碗。都差不多。

第二天，到了饭点。胡明山又来了，手里还端着饭碗。

"来，来。"胡明山一边说，一边将自己碗里的新鲜蔬菜、辣椒炒肉倒进覃和平的碗里。

"老师，您这是……"覃和平有些不解。

"老师和你们换菜吃。你们家自己做的这些咸菜，一看就好吃。"

胡明山随即又将碗里的菜夹进了其他几位学生碗里。

"把你们的菜夹一点儿给我吧。"胡明山笑着说，并亮出饭碗，等待着学生的交换。

　　"老师，这……这不好吧。"看见自己碗里一点儿油水都没有的菜进入了老师的饭碗，覃和平感到不安。

　　"没啥的，这叫——叫等价交换！"胡明山一边说，一边安安心心地吃了起来。

　　记不清，有多少个这样的时刻，胡明山在食堂买来两份菜，分享给学生。新鲜的菜肴，滋润了覃和平的胃，更熨帖了他的心。"老师用这种方式，既帮助了我们，又维护了我们的自尊。"

　　胡明山担任覃和平初中班主任时，快60岁了，高高瘦瘦，精神矍铄，总是笑眯眯的，一身中山装。他教语文，不管是教现代文还是传授文言文，课堂上总是充满激情。

　　课堂上，最有趣的事情便是跟随着老师读古文。

　　讲台上，胡明山摇头晃脑，乐在其中；讲台下，一群小脑袋跟着节奏摇头晃脑。

　　"学而时习之。"脑袋从右转到左，一句刚好转一圈。

　　"不亦说乎？"脑袋再次如钟摆，有规则地旋转一圈。

　　周而复始，就在这种有趣的运动中，中国诗文的语言节奏与音乐旋律，慢慢在小脑袋里扎根。

　　"那时就觉得，读古文应该就得这样，这才是标准的姿势。以后，只要是一读古文，我就会不自觉地摇头晃脑。"覃和平回忆。

　　爱把诗词吟唱的胡明山还毛遂自荐成了孩子们的音乐老师。

　　那时，乡村学校没有设置音乐课，也没有音乐老师。学校里要组织歌咏比赛，胡明山便迎难而上。

　　曾经在山里孩子心中缺席的音乐课，不经意间打开了孩子们的心门。

胡明山选了一首《黄河大合唱》。"同学们，黄河是我们的母亲河。它是一条充满荣光的河，也是一条充满苦难的河。这首歌，是一首充满苦难的歌，更是一首充满斗志与激情的歌。歌颂黄河就是歌颂我们伟大的中华民族，我们要唱出力量与决心！我唱一句，你们跟着唱一句。"

"风在吼，马在叫！"

"风在吼，马在叫！"

覃和平扯开嗓门，和同学们一起，跟着老师一句句地唱。

"'风在吼'这一句，要干净利落，不能拖拖拉拉。要把嘴拉圆，用胸腔发力……"胡明山耐心地一句句讲解，一句句教唱。

山里孩子习惯了扯开大嗓喊山歌，如今，嘴要拉圆一点儿，声音要收一些，还一时调整不过来。一堂课，学不了几句，但是笑声不断，其乐融融。

大合唱需要一个指挥，覃和平毛遂自荐。

"来，先站丁字步。"

"什么？啥，丁字步？"覃和平一头雾水。

"不对，左脚在前，两脚向外打开，右脚的脚心紧贴着左脚的脚后跟，两腿绷直。"胡明山一边讲解一边示范。

"双手平抬，两臂夹紧，四指并拢，大拇指和掌垂直……"

原来，连一个简单的站立，都有那么多的讲究啊。

解决了脚的规范问题，又要攻克手的力度。

"这样有气势的歌，指挥也应该有生气，不能软绵绵的。重来！"

"指挥是合唱团的核心，你不能随心所欲，要跟着音乐的节拍走。重来！"

……

一遍遍地示范，一次次地重来。

"那个时候，我们都好崇拜班主任。对我们这些农村孩子来说，什么都懂的老师简直太神了！而且，我们在歌唱中，感知到了音乐流入心中所掀起的那种难以言说的感动，感知到了一群人唱出一个声音的那种气势。这种感觉，让我爱上了音乐。"时隔多年，覃和平依然忍不住感叹。

那次合唱排练，给覃和平打开了一扇新的大门。推开这扇大门，他悄悄地将一颗音乐的种子栽在心灵的花园里。考上师范学校后，他选修了一门课程——音乐！

二

1994年，覃和平成了一名乡村教师。

2000年，学生刘金荣因急性肾炎住院治疗。一个月后出院。一家人依然愁眉不展。

"妈，我要回学校读书，都已经落下那么多课程了。"刘金荣心里急。

比女孩更急的，是她的母亲。

"你吃不得学校的饭菜，怎么回学校上学啊？"

医生交代，为了稳定病情，刘金荣需要吃一种特殊的盐。

刘金荣的家在朱坪村，离学校近4公里。要给孩子每天送饭的话，一去一来路上就要花费8元车费。刘金荣母亲一个月也才300多元收入，一天仅往返一次，一个月就要花去近一个月工资，而且孩子还无法吃上热饭。

"那我怎么办？难道就不上学了？"刘金荣急得哭了起来。

没有找到办法的母亲陪着女儿一起流泪。

班主任覃和平知道后，解开了母女俩的难题。

"你们把盐交给我吧，孩子的吃饭问题我来帮她解决。"从那以后，覃和平家里多了一罐特殊的药盐，也多出了一项额外的任务——单独开小灶给刘金荣炒菜。

刘金荣有些偏食，每餐做什么菜，覃和平操碎了心。学校附近的小菜场没有太多符合女孩胃口的菜。清早，在学校出早操后，覃和平便坐车去镇上买菜。

学校离镇上3公里。有时，覃和平独自来去；有时，两岁的儿子起得早，便带着儿子一起去。

买完菜，又匆匆回到学校上课。

刘金荣还需要吃药——一种粉状的药极难下咽。覃和平便做起了"小实验"，或者将鸡蛋搅拌，做成蛋皮儿，再用蛋皮儿包着药粉，让她好下咽；或者买来豆腐，切成小坨，并将豆腐中间挖空，再放入粉末状药，让她能吞食。

刘金荣爱吃黄瓜，覃和平便变着法子弄出新花样。有时候清炒，放点油炒几下，然后放少许清水，等熬出青色汤汁后起锅；有时将黄瓜切成丝，胡萝卜切小丁，一起爆炒，色香味俱全；有时候切成条，用腊排骨炖一钵，什么佐料都不用放，炖出食材自然的味道；有时切片，加几根火腿肠一起爆炒，也很下饭。每次桌上有黄瓜，刘金荣都会多吃上几口。

整整一个学期，刘金荣吃在覃和平家，直到她完全康复。

　　女孩父母过意不去，执意要给饭菜钱。覃和平一一拒绝："你家也不容易，孩子治病已经花了不少钱。再说我自己也要吃饭，只不过多炒个菜而已，也不算什么负担。"

　　女孩母亲便在每周过来看孩子时，带上自家产的农产品。有时一把豆角，有时几根黄瓜，有时一包鸡蛋。

　　覃和平要按市场价给她钱。她一瞪眼，生气了："我女儿在你家吃，你不收一分钱，我带点小菜过来，你却要给钱，你这不是打我脸吗！"

　　覃和平便只得将菜收下。

　　等到去市场买菜时，覃和平精挑细选，尽力买到刘金荣爱吃的菜。通过这种形式，将那份交不出去的菜钱补贴在刘金荣的菜碗里。

10多年过去了，刘金荣还记得当年老师所炒黄瓜的味道，清新，爽口，有着一种别样的香甜。当年病弱的小女孩，已经结婚生子，回想多年前开在老师家的小饭桌，依然十分感慨："不是一天两天，而是整整一个学期，老师都毫无怨言，还想着法子让我吃好。这样的好老师，足以用'父亲'来形容。"

三

在送教老师中，前往杨帆家次数最多的，是物理老师覃和平。

送教之前，学校给杨帆献爱心，他跟着一起前往。

送教之后，学校里发动学生给杨帆写信，他将一张张写满心愿与祝福的卡片带过去。

他还精心挑选了一个比杨帆还大的洋娃娃，娃娃上面写着"开心每一天"。如今，洋娃娃成了杨帆床头的好伙伴。

轮到他送教，他总会提前赶过来。

没有轮到他送教，他依然会时常过来看望杨帆。

2018年4月5日，清明节，星期四。学校已经放假。覃和平和历史老师胡寒松依然冒雨前往杨帆

家送教上门。

那天，杨书芳感到十分过意不去。"本来是休息日，这周学校也没有安排送教上门的课程。真没有想到你们会来。"

关上厨房的门，杨书芳悄悄忙开了。她要好好表达一下谢意。准备了满满一桌子菜。

"今天，你们休息，学校食堂也不上班。你们无论如何也要在我家吃这餐饭。"杨书芳恳求。

覃和平和胡寒松执意拒绝："你们的心意，我们真的领了。我们也知道，你们是真心实意要接待我们，但是也请你们理解，这饭我们真不能吃。"

"为什么就不能吃？你们放假都过来给杨帆送教，我们受不起啊。这顿饭，你们若不吃，我们更加不好受。"杨书芳情真意切地邀请。

"这个头，开不得。这次过来，你们做饭给我们吃，第二次可能煮鸡蛋，第三次可能炸几个粑粑……万一开了这个头，就收不了尾。你们不给我们做饭吃，你们不安心；但是我们吃了你们的饭，我们不安心啊。"覃和平真心实意地拒绝。

"今天，你们这顿饭不吃，还真走不了呢！"杨帆的奶奶走了进来，信心十足地说。

原来，老师的车被"别有用心"地堵在了里头，无法动弹。

看着一家人苦苦邀请，覃和平也被感动了，但是依然态度坚决。

一家人只得喊来车主，开走小汽车，让出一条路，给老师的车放行。

"因为愿意，所以无悔；不为名利，只是不忍。一个在青春花季的孩子孤独地待在房间里，想想都心酸。我愿意每周花几个小时的时间，送去知识，点亮孩子心中的希望之火。"覃和平在笔记本上写下这样几句话。

他一直忘不了第一次前往杨帆家送教的情景。

2017年秋季新学期的第四周星期四，是覃和平第一次送教上门的日子。

圆圆的脸，大大的眼睛，因药物影响微微发胖的身体，头上几根白发。看见杨帆的模样，覃和平不由心酸起来。

"杨帆现在有好大的变化了，以前那个样子，真的让人心疼呢。"杨书芳似乎看出了覃和平眼里流露出的痛，笑着说，眼角却又忍不住流出泪来。

那时，从医院回家，杨帆成天躺在藤椅上，呆呆地望着天花板，万念俱灰。杨书芳问她，她不搭理。再问，就发脾气，使出全身的力气捶打她自己。杨书芳只得退出房间，躲在一边偷偷地哭。那时，杂物间避光的墙角，摆放着一具棺木。那是家人为杨帆准备的。

"覃老师，杨帆等着了呢。"杨书芳关了门，静静地退了出去。

杨帆已经坐在书桌前，打开物理书本，笑着说："覃老师，以前上课的内容，我还记得呢。"

覃和平满意地点点头，将八年级上学期的物理知识梳理了一遍，还为杨帆制定了一份详细的学习计划和练习内容。

两个小时的课，很快就结束了。

杨帆还舍不得老师离开，眨巴着一双大眼睛，和覃和平聊了起来。

"覃老师，这是我制定的作息时间表。"杨帆指着书桌的

一角，亮出一张小纸条。

"我还要坚持训练，妈妈说我进步很大。告诉您，我现在不要人搀扶，能够走上几小步了呢。"

……

合上书本，覃和平静静地聆听，还不时点点头。他知道，没有人来倾听的哭泣是痛苦的，没有人来分享的幸福是孤独的。杨帆渴望被倾听。

从那之后，每次授课结束，覃和平都会留下一段时间，好让杨帆打开记忆的宝盒，放出收藏着的小精灵，让它们舒展翅膀。无论这些小精灵，是沾着泪水的苦难记忆，还是漾着欢笑的幸福片段，放飞出来，都能让人释怀。

"以前，生病在家，爷爷奶奶要忙家务，爸爸妈妈要赚钱买药，妹妹要读书，我一个人就这样呆呆地坐在那里。"指着那张陪伴自己无数孤独日子的藤椅，杨帆告诉覃和平。

"我哭，妈妈就笑着安慰我。但是我知道，妈妈一定哭得比我还多，她只是不让我看见。"想起妈妈，杨帆又忍不住流出泪来，她不好意思地一笑，避开覃和平，偷偷抹去泪花。

"这是一个大糖果，我姐送的，没有见过吧！"看着覃和平将一个足足一斤重的大糖果误以为是玩具，杨帆忍不住开怀大笑。

"还过几天，山上的茶苞就可以吃了呢。您要记得过来尝啊。"望着窗外远山日渐葱郁的茶树，杨帆热情邀请。

"我家养了两头小猪仔，可贪吃了呢。"

"我学会了织毛衣呢，您看，这是我正在织的围脖。"

"今后，我想像您一样，也当老师。"

……

聆听着杨帆的倾诉，覃和平感到，一缕缕快乐的阳光正一点点照进她的心灵空间。孤独、无助正慢慢消散；乐观、梦想在慢慢孕育。

如何让杨帆透过生活外在的状态，看见生活原有的精彩？如何让她看得见平淡中的不平淡？覃和平将光学实验带进了农家。

取来一盆水，放在太阳下。拿出一块平面镜，斜放入水盆中，镜的一部分露出水面。覃和平慢慢调整平面镜的位置和角度。一道阳光被平面镜折射投影在墙壁上，墙壁上出现了一道七色光带。

"好漂亮的彩虹！"杨帆惊喜地望着墙壁。

覃和平将平面镜沉入水盆，彩虹瞬间消失。再调整平面镜，彩虹又出现在墙壁上。随着平面镜的角度变化，彩虹还能移动，时而爬上更高的墙壁，时而又跌落在更低的墙根。

"覃老师，我也来试试！"杨帆兴致勃勃地参与进来。手调整着水中的平面镜，一双大眼睛追着彩虹的方向。

"这叫做光的色散现象。最先发现光的色散秘密的人，是牛顿。1672年，牛顿利用三棱镜将太阳光分解成彩色光带，这也是人们首次做的色散实验。白光散开后单色光从上到下依次为红、橙、黄、绿、蓝、靛、紫七种颜色。我们平时以为光就是白色的，但是你看看，一道看似普通的白色光，其实蕴含着多么丰富的颜色啊。"

"好神奇的光！"

"杨帆，你能悟出什么道理来吗？其实，我们的生活，是

不是也如这道光，平凡中蕴含着不一样的精彩。生活，需要我们去经历，去体验，去释放它的精彩。我们所经历的苦恼，所面临的困难，所感受的幸福，所体会的快乐，它们共同组成了我们丰富多彩的生活，缺少了哪一样，都不叫完整的生活。"望着墙壁上的七彩光谱，覃和平若有所思地说。

有这样一个童话，传说寻找到七色光，便能获得幸福。不少人翻山越岭，苦苦寻觅，无法寻到，不得幸福。他们哪里知道，其实每一束白色的光，都是七色光；苦苦寻找的幸福，其实一直就在他们身边。

杨帆，你懂了吗？生活，原本就具有七色光，红橙黄绿蓝靛紫，少哪一色都不完整；人生，原本就充满五味，酸甜苦辣咸，缺哪一味都是缺陷。我们需静心接纳，细心体味。

覃和平上门为杨帆送教

爱是一场接力

一

"喂，下课后，我们……"湖南慈利城东中学的课堂上，老师正转身面向黑板，戴琳的脑袋向前倾，前面的女生顺势将背靠后，两人小声耳语。

戴琳正等着女生"接过话头"，无意间瞥见窗外正巡视的班主任寇纯翠。

戴琳轻轻地咳嗽了一声，坐正身体，装作什么也没有发生，心里却不快活起来。"怎么这么倒霉？刚说一句就被抓住！"

下课。

戴琳被班主任"请"进办公室。

这下糟了，准是一场暴风雨。

寇纯翠在学校里出了名的严，学生的一个小问题，她会揪着不放，直到学生改正为止。

戴琳忐忑不安地走进办公室。

"戴琳，怎么上课又讲小话呢？你其实很聪明，把精力用在学习上，你会更出色。"

咦，批评人的声音和以往都不一样啊，低八度！而且还有微笑！

戴琳有些不相信。说不定是暴风雨前暂时的宁静吧。她低着头，眼睛却悄悄瞥向寇纯翠，想从老师的微笑中逮住最真实的表情。

戴琳是学校文体活动的积极分子，热爱跳舞，喜欢打篮球，参加了学校多支训练队。早上练习打球，晚上排练舞蹈，忙得不亦乐乎。慢慢地，对课堂学习失去了兴趣。一堂课45分钟，总觉得熬不到头。一个学期的英语学习，她仅掌握一个单词。

"老师，我感觉自己学不进去。"戴琳老实地回答。

"你先努力克服爱讲小话的毛病。上课去吧。"寇纯翠说。

就这样结束了？可以回教室了？暴风雨呢？

寇纯翠老师

戴琳还没有完全回过神来，已经走出了老师办公室。

长长舒一口气，戴琳感到一切安静得有些不真实。

班上调整座位。戴琳终于发现了寇纯翠的狠招。四周安插的都是安安静静学习的同学。

课堂上，戴琳又坐不住了。抛"绣球"，没有人接；伸"橄榄枝"，没有人理。四周的同学都认真地听课或是做作业，将戴琳的"示好"屏蔽了。

戴琳感到自己飘在一个孤岛上。环顾四周，发现自己曾经的"友邦"，距离自己好几排座位，根本无法进行课堂密谈。

下课，四周的同学又活跃起来。与戴琳说说笑笑，仿佛课堂上的尴尬并不曾发生。

上课，又不一样了。周围静悄悄。

戴琳不习惯了，热切地等待着下一轮的座位调整。

终于等到调整座位。寇纯翠大权在握。环顾四周，戴琳又失算了。

独角戏，如何好演？

次次示好，次次败北，自讨没趣，如何是好？

慢慢地，戴琳不得不接受"无人可以倾诉"的现实，将心放在了课堂上。

到了八年级，戴琳主动从学校舞蹈队、篮球队退出，安心学习。

九年级，开始学习化学。戴琳听不懂，学习跟不上。寇纯翠将她带到化学老师的家。"这孩子化学知识还没有入门，你帮她疏导疏导。"一个上午的学习，戴琳茅塞顿开。

当年，戴琳成了一匹黑马——以张家界市第九的好成绩，考入慈利一中，并享受高中三年学费全免的优待。

三年后，戴琳考入中央民族大学。

"我曾经是一个贪玩的孩子，不爱学习，寇纯翠老师用她的严与爱，改变了我。"戴琳心怀感恩。

戴琳辅导学生，鼓励自己像当年寇纯翠老师关爱她一样，关爱每一个学生

二

工作第三年，戴琳成为义务送教小分队中的一员。"第一次发现还可以在家里教课，而且在家里上课的孩子更渴望得到知识。"戴琳感慨。

2017年秋季学期的第九周星期四，戴琳第一次送教上门的日子。

印象中，生病辍学在家的孩子，性格会比较自闭。戴琳准备了不少鼓励与开导的话，让她没有想到的是，杨帆比她想象得活泼、乐观。"她一见面，就叫我戴老师，十分亲热，还和我聊天。我觉得自己根本不需要开导她，她比我还活泼。"戴琳笑着回忆。

打开小电脑，直奔课堂学习。

"今天，我们学习在公共生活中应该如何去做。你觉得公共生活离你是近还是远？"

杨帆眨了眨眼睛，认真地说："我觉得，我几乎已经脱离了公共生活。"

除了外出治病，杨帆绝大部分时间都待在家里。家门口的那条弯弯曲曲的山路，是她与这个世界连通的通道。可是，她却很少走出那条山路去山外的世界，她被一场病"囚禁"着，不知外面的变化。

"公共生活，其实离我们很近。我们每个人不仅脱离不了公共生活，而且在公共生活中都可以——也应该做好自己的事情。做好自己的事情，每一个人就都能帮助到别人呢。我们一起看一段视频吧。"戴琳一边说，一边播放公益广告《爱的传递》。

屏幕上，一个孤独的小孩，在来来往往的人群中迷失了方向，哭泣着。一只温暖的手，将她牵离孤独。

"杨帆，正如这个短片所告诉我们的，每一个儿童，消失在人海中，恐惧感是成人的10倍，她无法清楚地表达自己的感情，流泪是对恐惧的唯一表达。别害怕，行善之人，带着你远离纷扰。这段视频，让我们看见人与人之间的爱，告诉我们在公共生活中应该如何做。应该怎么做呢？每个人都应该献出一点点爱，都应该做好自己的事情，每一个人都能帮助到别人。"

杨帆想了想说："哦，老师，我知道了，尽管我现在身体

还没有康复，能力有限，但是，我也可以去做自己力所能及的事情，也可以在公共生活中有所贡献，对吗？"

"别小看自己的力量，去做自己力所能及的事情，不仅仅是接受帮助，也能帮助别人。"戴琳启发。

是呀，戴琳自己也在义务送教的过程中受到了启发，不仅仅是在帮助杨帆，其实，也接受了杨帆的帮助。

山里的小课堂上，杨帆报以感激的一个微笑，让戴琳收获了职业的幸福；杨帆提前预习课文的举动，激励着戴琳努力做得更好。

"我是一名新入职的老师，教学相长，不错的。杨帆用她的感恩与主动学习的动力，激励着我，也警醒着我，当老师，对待学生，必须投入百分之百的用心。"戴琳说。

戴琳上门为杨帆送教

捂在心里的温度

一

　　站在三尺讲台，望着讲台下一双双单纯的眼睛，向次玉仿佛看见了昔日的自己。

　　也曾就这样，扬起小脸蛋，充满敬畏与崇拜地望着自己的老师；也曾就这样，珍视着老师的每一句鼓励与表扬，那些小小的善意"石子"会在幼小的心灵里漾起久久不散的柔波；也曾就这样，被老师慈祥而又有力的目光牵引，走向未知的美好。

　　那年，向次玉读小学一年级。班主任覃仕新是当地的一名民办教师。30多岁，瘦高的个子，一件黄色的中山装，一张不苟言笑的面孔。课内课外，学生们都有些怕他，向次玉也不例外，生怕做错了事情挨批评。直到有一天，向次玉才明白，严肃并不等于不爱。

　　那天，三表哥结婚，向次玉随父母去姨妈家吃酒。喷香的饭菜、甜蜜的糖果、热闹的典礼，让向次玉忘我地沉浸在喜悦之中，将家庭作业抛到了九霄云外。

　　第二天上学，老师检查家庭作业，她才突然回过神来。怎么办？怎么办？慌乱之中，她灵机一动，拿出白天在课外作业本上抄写的作文紧张地上前递给老师，小声解释："老师，我……我……我写错内容了。"覃老师愣了一下，拿过作业本看了看，又微笑着看了她一眼，什么也没说，在本子上画了一个"优"，顺手轻轻地拍了拍向次玉的头。

　　等待挨批评的向次玉一头雾水地回到座位。

　　覃仕新开始检查下一个同学的作业。向次玉怦怦乱跳的心慢慢平静下来。

　　"快，快，快！"向次玉背着书包一路狂奔。小小的书包左右晃动着，向次玉的脚步变得沉重而凌乱。

　　"叮！"上课铃声没有等她，还是按时响起。

　　望着百步开外的教室门，向次玉气喘吁吁地哭了起来。

　　按照班规，迟到的学生必须在教室外罚站反省一节课。想想覃老师那严厉的目光、严肃的呵斥，向次玉站在教室后门口，双腿发软，竟然没有力气和勇气走进教室。

　　正好，覃仕新走了过来。

　　"别哭别哭，赶快进教室吧。"一只还沾满粉笔灰的手轻轻扬起，拍了拍向次玉的肩膀。

　　抬起泪水蒙眬的眼睛，向次玉望见一双迎上来的充满慈祥疼爱的目光。

　　"那目光，我一辈子也忘不了。那一刻，我说不出是什么心情，只是觉得覃老师没有那么可怕。覃老师对我的照顾，温暖了我人生中儿时的整个读书记忆。"30多年后，向次玉心灵深处还珍藏着那天覃老师的目光。

初一第二学期开学时，向次玉逃学了。

不是不想读书。哥哥要读书，姐姐家要翻修楼房，父母年岁已大，懂事的向次玉看见了父母皱纹里的心酸。

开学后第二天下午，向次玉正在家附近的稻田埂上和小伙伴们追赶打闹，想借此忘掉此时应该正是下午开课的时候，忘掉那也许再也回不去的校园。

"嘟嘟嘟！"一阵摩托车轰鸣声在乡村土公路上响起。这

向次玉与学生们在一起

可是乡村里罕见的现代化声响。

小伙伴们纷纷抬头张望。

两个熟悉的身影印入向次玉的眼帘。校长樊安宏和班主任向绪雷正开着摩托车向她家方向驶来！

慌乱中，向次玉溜进草垛里，不让老师们看见。

摩托车在附近停了下来。

"老乡，请问一下，向次玉家在哪里啊？"

隐隐约约，向次玉听见了自己的名字。透过草垛的缝隙，她微微探出头。摩托车停在她家邻居门前，老师正在向邻居打听。

肯定是我逃学，老师来告状的！向次玉又将头深深地藏在草垛里，不敢伸出来。

明明没有风，却看见草叶的摆动，草浪慢慢跌宕起伏，渐渐有了旋律，音符与音符之间，一波与一波之间，向次玉的身影隐隐可见。

等啊，熬啊，得看见老师的摩托车离开才敢钻出草垛。

半个多小时后，终于，"嘟嘟嘟！"摩托车的轰轰声再次响起，并从草垛前经过，渐渐远去。

向次玉这才钻出草垛，拍了拍身上的草屑，忐忑不安地回到家。

父亲正坐在屋檐下抽烟。见她回来，父亲投来意味深长的目光，深深吸了一口烟，慢悠悠地说："跑哪儿去了？刚刚学校老师来接你去读书，明天一大早我送你去学校吧。"

第二天，向次玉早早地起床，收拾东西，跟在父亲背后往学校赶。

一路上，父亲叮嘱："以后不准逃学了，在学校里听老师的话，好好学习，不用担心家里的负担……"

跟在后面，望着父亲有些佝偻的背，向次玉想哭，但努力着不哭出来。

从那以后，向次玉再也不敢逃学。

1994年，向次玉考上津市师范。

三年后，她走上三尺讲台，从学生变为教师。

讲台下，是一双双清澈的眼睛。向次玉知道，有的眼睛背后，隐藏着一眼难以望得见的烦恼。

要努力读懂那一双双眼睛背后的故事，就像当年，老师读懂自己一样。

二

2007年，向次玉从石门县子良中学调往同镇的水田中学工作。学校交给她一个全校"闻名"的100班。八年级时，这个班已换了3任班主任。不是被学生"逼下"梁山、落荒而逃，就是无心迎战，丢兵弃甲。

100班，真的是一个刺头班吗？我会给这个班打多少分呢？向次玉决定探探究竟再下结论。

"每个学生，都会有自己的长处。每一个班，都会有自己的特色。希望大家要树立信心，别自暴自弃，让我们的100班，在未来亮出100分！"向次玉满怀激情地鼓励。

吹拂的风，并没有将讲台上的激情吹进学生心中。

得用爱捂热这些孩子们的心。

张思斯进入了向次玉的眼帘。低头，张思斯又在看小说。她将自己关在了故事里，将课堂屏蔽。

下课后，向次玉将张思斯喊到办公室。低头，女孩不说话，似乎还没有从小说的情节中回过神。

一次次，向次玉主动靠近她，没有批评，有的是关切的谈心。一步步，向次玉终于走进她的内心。

原来，张思斯的家，早在几年前就在山体滑坡中被掩埋了。没有了家，父母外出打工，小丫头便跟随外公外婆生活。

"家里的事情，你别背包袱，安心在学校读书。"

"老师，我感到我读不进去了。"

"别急，你还小，一切都会好起来的。老师会帮你的。"

下课后，向次玉主动帮她补课，分析解题思路，并拿出女孩曾经的试卷分析错题原因。

放学后，向次玉又将张思斯同学喊到教师宿舍，单独"开餐"，辅导功课，并做夜宵滋补她的肠胃。

与张思斯享有同等待遇的还有尹程琳等同学。

教师宿舍的免费"小灶"，开了一年多，直到她们初中毕业。

初中毕业时，张思斯送来一张卡片。卡片上写着："老师，谢谢您！进入初中后，从来没有哪位老师重视过我，只有您，一直不放弃我，把我当个宝，让我有了学习的动力和目标，让我考上了大家都向往的重点高中。"

昔日的100班，到底打多少分？

那些曾经自我放弃、放任自流的孩子们，如今怎样了？

向次玉幸福地亮出了一张成绩单：张思斯大学毕业后到外

地参加了工作；尹程琳从湖南中医药大学毕业后，正在攻读医学硕士学位；谭雅卿从中南大学湘雅医学院毕业后，正在攻读医学硕士学位；邓浩从中国医科大学毕业后，正在攻读医学硕士学位；毛伟考上了县城里的公务员，最近还考上了研究生；当年调皮的尹超成了企业家……

向次玉自豪地给出了100分的满意分数。但是她却给自己亮出了不及格。

那时，她的儿子才4岁，正是黏着妈妈的年纪。

晚自习时，儿子悄悄来到教室外看妈妈，想接妈妈一起回家。等啊等啊，小小的孩子坐在教室外走廊上，靠墙慢慢睡着了……

白天大课间，儿子偷偷探头看一眼正在上课的妈妈，然后依依不舍地离开，独自在操场上玩耍。无人陪护的孩子不慎摔断手臂……

"对100班，我几乎花费了全部心血，我无愧那些学生，但是我愧对自己的儿子。十多年过去了，每每想起儿子孤独的身影，我心里仍有愧疚。"向次玉说。

2017年下学期，向次玉接手九年级138班的物理课。她遇见了一名特殊的学生——雷洋。

上课铃响了，同学们纷纷跑进教室，雷洋却不，依然自顾自地在外玩耍。喊他，也不应答。

向次玉和他说话，他头也不抬。

这孩子，到底是怎么回事呢？

向次玉从他偶尔与自己对视的眼神中，读出了一丝孤寂与自卑。

向次玉决定详细了解雷洋的家庭情况。

她终于明白了。

雷洋还只有几个月大时，母亲离家出走，再没有回来。

"雷洋，老师的课，你有哪些没有弄懂的，可以随时问我。"

"雷洋，和同学们一起玩啊。"

"雷洋，天气冷了，要多加衣裳。"

……

校园里，向次玉每次碰见雷洋，总会停下脚步，和他说上一句关心的话。

渐渐地，在物理课堂上，雷洋开始安安静静听讲，认认真真做笔记。

"雷洋，这个问题，你如何解答呢？"向次玉又多次将回答问题的机会给他，并借此在课堂上表扬他。那双曾经孤寂与自卑的眼神，慢慢有了改变，能够自信地迎上老师的目光，做心灵的交流。

一天，向次玉走进教室，习惯性地看看雷洋的课桌。

课桌上空着。

雷洋没来上课？难道又在外面玩？

刚好一段时间，孩子，你怎么又放弃了呢？

向次玉在外找了一圈，不见人，心里不安起来，拨通了班主任的电话。

原来，雷洋衣服单薄，冻感冒了，正在宿舍休息。

回到家，向次玉清理出儿子穿小了的棉衣、棉裤和毛衣，装了满满一大袋，悄悄地送给了雷洋。

那满满的一袋子温暖，让雷洋拥有了抵御寒冷的力量。

向次玉将学生视为自己的孩子

三

2017年9月3日，杨帆在母亲的搀扶下来到学校，请求复学。

在学校会议室，向次玉第一次见到了患病后的杨帆。母女俩黯淡无光的面容触痛了她的心。

向次玉毫不迟疑地同意了母女的请求，并让杨帆去八年级的教室，找自己喜欢的班主任报到。

"真的？"杨帆没有想到会那么顺利。她立即摇摇晃晃来到楼梯口。杨书芳和向次玉紧跟其后。

八年级的教室全部在三楼。

杨帆刚抬脚迈向第一级台阶，全身突然直向后仰。杨书芳和向次玉立即上前，一把将她抱住，杨帆才没有摔倒在地。

望着高高的楼梯，杨帆和母亲杨书芳都痛哭起来。

在一旁的蔡代圣副校长也看见了这一幕，当场表态，送教上门，并让向次玉负责此事，立即拟定送教上门方案。

向次玉挑选了八年级八门学科的备课组长和学校心理辅导教师担任送教教师，组成了义务送教小分队。

2017年9月7日，蔡代圣、向次玉等人，带着送教方案，来到了杨帆家。第二次见到杨帆，她正躺在睡椅上，一脸的颓废。

拿着送教方案，杨帆眼里写满惊讶。

一个学期，每周都安排专人负责送教，可是，可是……

向次玉读出了女孩眼中的质疑。

"你放心，老师答应过你，不会失约。"向次玉望着杨帆，微笑着说。

每周四，向次玉都会及时提醒送教老师，有空时还给杨书芳打电话询问送教情况。

第十三周，向次玉再次来到杨帆家中，第三次见到了女孩。杨帆正坐在书桌旁等待老师上课，阳光般的笑容里没有了丝毫的失落。

见到向次玉，杨帆乐呵呵地聊起家常。

"向校长，我现在能走几米远啦……"

"我最喜欢上数学和物理课了……"

"我家的橘子今年丰收啦，向校长，您一定要尝尝……"

"您脸上的痘痘怎么还没好啊？您要少吃辣椒哦……"

向次玉感到十分惊讶，惊讶于孩子的改变，惊讶于上门送教的力量……

2018年春季学期开学前，向次玉再次来到杨帆家中。看见老师，孩子高兴地扑倒在她怀里。

杨帆捂住嘴，面带笑容，小声地在向次玉耳边播报新闻。

"向校长，您送我的课外书，我全部看完啦。我最爱看那本《钢铁是怎样炼成的》。"

"我的腿恢复得越来越好了，我要坚持锻炼，争取早日和伙伴们一起去学校上学。"

向次玉与杨帆交谈

"我要好好读书,长大了我也要当一名像您一样的好老师。"

"我们家门口有条小河流,涨水后,附近的弟弟妹妹们要绕道才能去上学,等我挣到钱后,想为乡邻们修一座小桥。"

……

向次玉侧耳倾听,不住地点头微笑。

从杨帆家离开,一路上,一幕幕如一张张照片,在向次玉脑海重叠着。

曾经一脸黯淡无光的女孩,曾经躺在睡椅上一脸颓废的女孩,曾经沉默孤寂的女孩;如今满眼欣喜的女孩,如今有说有笑的女孩,如今心怀希望的女孩,都是同一个人吗?

"没有想到,我们的举手之劳,不光是挽救了一个花季少女的生命,更是改变了一个家庭的命运。"向次玉忍不住在工作笔记本记下了这样的感触。

或许,这就是爱的传递……

第三章　温暖的课堂

——记忆彼岸的身影

大山里的课堂
是一扇窗
一扇温暖的窗
镌刻着记忆深处三尺讲台的奔忙
"没有老师的关怀，就没有我的今天"
这是长大后的学童对恩师最真情的告白

　　石门县皂市镇中心学校九位老师对一个学生义务辅导的故事，持续在当地发酵，温暖继续蔓延。

　　犹如投入心湖的一枚石子，漾起一层又一层涟漪，涟漪又不断地向更远处扩散，扩散为一座城市的集体感动。

　　又犹如清脆唱响的第一声云笛，一声一声，唤醒沉睡的大地，丝竹和鸣，引来美好春天的幸福合奏。

　　"在他们身上，我看见了当年自己老师的影子。"

　　"谢谢他们，还保存着为人师者的那份单纯与朴实。"

　　"我很庆幸，我们的读书时代，是一个好老师辈出的时代，没有有偿辅导，没有过年红包，一切都那样单纯而美好。"

　　"尽管有一些老师欠缺师风师德，但是我一直相信，我们身边从来就不曾缺乏好老师，只不过，他们的故事一代代默默地上演，不曾被外界知晓。"

　　"不少好老师，就如同这九位坚持义务送教的乡村老师一样，他们是大山里的百合，不被人知，不需人赏，默默绽放，吐露芬芳。"

　　……

　　不少读者纷纷感慨。

　　九位老师义务送教的暖心故事，如不灭的火，瞬间点燃了不少读者的心中之火，他们纷纷回忆当年所遇见唤醒自己灵魂的恩师。一所乡村学校的感动，扩散为一个座城市，甚至一个时代的集体感动。尽管有人曾感叹一些校园不再是一块净土，部分教师担负不起"人类灵魂的工程师"的美誉，但是仍有千千万万的教师，坚守着那个落满粉尘的三尺讲台，守着几十年如一日的重复与单调。

　　这份感动与温暖，让人们看见，不少美好一直都在，就像一件岁月深处的白衬衫，依然保留着它原本的纯白、原本的光泽，没有落下岁月的尘埃。

　　原来，传承与坚守，是如此的美好。

爱的温暖

人对温暖的需求，是生命的本能。

究竟什么是温暖？它可能是寒夜里熊熊燃烧的炉火，它可能是高远天空里闪闪发亮的明星，它可能是受伤时递过来的一张"创口贴"，它可能是雨途中偶遇的一座竹凉亭。

温暖是当你需要时，它随时就会出现你身旁，化为遮阳的伞，化为温润的雨，化为牵扯的绳，化为你所需要的一切，对你不曾放弃，不忍离去。

一

全国优秀共产党员、全国道德模范提名奖获得者、常德武陵区居民田工想起了如自己大姐般的老师——梅佳运。

高烧。晕厥。

恍惚中，读初中的田工仿佛看到了自己的大姐田婉朝，可任他如何喊叫，大姐却听不见，从他的身旁飘然而过。

"大姐！"田工想喊，可是声音却被卡在喉咙里。

"田工，田工。"突然，一个声音在他耳畔响起，一只手摸着他的额头，一股温暖从他的额头传播开去。

是大姐回来了吗？是大姐的手吗？

田工努力从昏沉中慢慢醒了过来，睁开双眼，看到的是一张清秀的脸——班主任梅佳运。

"别动！你在发高烧！我想办法送你去医院！"

梅佳运急急转身走出了宿舍。不一会儿，她弄来一辆板车，板车上铺着被褥。

几个同学小心翼翼地将田工抬上板车，急急送往医院。

从1963年到1968年间，在常德市一中初中55班、高中90班，梅佳运都是田工的班主任兼物理老师。

"田工，今天好些了吗？"一个温暖的声音在病房响起。

"梅老师，好多了。我可以出院了吗？"田工笑了笑。

"医生说，你还要住几天。不用急，你落下的课，我来给你补上。"梅佳运边说边拿出田工的课本。

1985年9月10日，我国第一个教师节。田工在日记中写下"应补上尊师这一课"，并去老师家探望。

1988年，田工邀约同学一起去梅老师家探望，买了镜匾送给她。

"这份情，让我一辈子难以忘怀。"70多岁的田工说起如大姐般的

田工

老师，眼角含着泪。

二

江苏苏州的律师龚晓春发来一篇文章《从前的老师》，并留言：

> 读了皂市义务送教的故事，我感触很多。《师说》云：师者，所以传道授业解惑也。真正的良师又岂止如此？时光荏苒中，那些从前的老师，大多已垂垂老矣。他们的人生没有叱咤风云、大富大贵，更多的是默默无闻，在三尺讲台如老农般辛勤耕耘。他们作为一个群体所体现出的尊贵的师德、师魂，一如蜿蜒流淌的澧水河，滋养着澧阳平原，熏陶、激励着在这片土地上生活着、走出去的万千学子！

这位从湖南省常德市澧阳平原走向苏杭的学子，深情地回忆了那些曾经温暖过自己的老师。"老师给我的温暖，至今温暖着我。"

1990年春，读高中的龚晓春突感身体不适，面色蜡黄。

班主任刘志刚摸了摸龚晓春的额头，并不发烧。

"不行，还是得去医院看看，现在学习任务重，别把身体拖垮了。"

他带着龚晓春，前往县中医院，找到一位熟识的老中医。

老中医为龚晓春把脉。

撸起袖子，龚晓春露出瘦瘦的胳膊。

"放心，这孩子没啥问题，只是营养没有跟上，多加强营养就可以了。"

刘志刚舒了一口气。

龚晓春的家在澧澹三贤村龚家湾，平时住校。

刘志刚便吩咐妻子，每天早饭蒸一碗鸡蛋羹，给龚晓春补身子。

龚晓春

连续一个多月，每天一碗鸡蛋羹，蜡黄的面色红润起来。

"有时我想，'老师'二字已不能完全表达我对他的感念之情，我更愿敬称其为'师父'。'师父'之称谓，源于'一日为师终身为父'的古训。刘老师于我，既是师，也是父，我参加工作后曾在给他的书信中诚恳地表达了我的这一愿望，刘老师欣然接受。"如今，龚晓春是入选了"苏州市选拔和培养高层次律师人才三年行动计划"的骨干型律师，并连续多年被评为优秀律师。

三

"读了这篇报道，我的脑海里浮现出不少让我印象深刻的老师的身影，其中，印象最深的就是于文平老师。老师的爱，让我一辈子记得。我虽然没有接过他的接力棒，成为一名教师，

但我在自己的岗位上努力奋斗，尽力用成绩让他感到，他当年的付出是值得的。"张家界读者向国州说。

向国州曾是张家界慈利金岩中学的初中生，从家到学校要走近3个小时的山路，平时住校。母亲腌制的咸菜、炸辣椒是饭碗里的主菜。

有一天，班主任于文平看了看向国州碗里的菜，轻声地说："平时都是吃这些菜吗？"向国州点点头。第二天，到了饭点，于文平将向国州等几个家境贫困的学生叫到自己家里加餐。

"老师给我们炒肉，炒青菜。我们好多同学都在他家吃过饭，于老师从来不要我们的钱。"

更让向国州难以忘怀的还是冬天里，在于老师家，围着炭火补课。

"我那时成绩一般，考上高中都很难，老师就在自己家里给我补课，不仅不收费，还时常给我做饭吃。有时补课晚了，老师就留我在家住宿，他就跟我的父亲一样。"

同一张床，同一个被窝。向国州的脚冰凉，于老师就将那双冰凉的脚抱在自己怀里捂热。

"我的脚，被老师抱在温暖的怀里，我偷偷地哭了。这种温暖，

向国州

让我记了20多年，还将一直
记下去。"

向国州给于文平老师发
了一条信息：我从小学到研
究生遇到的所有老师，让我
感动和记忆最深的就是您，
您是藏在我心灵深处并能瞬
间勾起感情的人，您给了我
人生的自信、智慧和道路的
选择，您深深影响了我。

于文平老师

如今，当年的山里娃，成了一名研究生。2018年，还被
单位推介为2017年度总公司优秀共产党员。

四

"有这么一个地方，有这么一些人，是我心中一个美丽的
梦。"飞行员周宏磊在写给常德市桃源县一中校长燕立国的感
谢信里说。

周宏磊是该校2013届毕业生。

2013年4月，周宏磊突感烦躁。他冲出教室，淋雨发泄。
班主任刘婵默默取出雨伞，在周宏磊头顶撑开。

那时，刘婵怀着近7个月的身孕。

"她跟着我在雨中走了很久也聊了很久，终于解开了我的
心结。"高考前的这段插曲让周宏磊记忆犹新。

当年，他考入空军航空大学。不久，他将人生的第一笔收

入——600元的津贴捐给母校。这是他入校军政基础强化训练一个月后发下来的津贴，也是他第一笔凭借自己的辛苦努力而得到的回报。

2013年9月26日，他提笔写信给燕校长。在信中，他写道："当教导员问我们会怎样用这笔钱时，有的选择给自己买吃的穿的，有的人选择存起来，多数人选择了寄给父母，唯独我选择将它寄回母校。大多数战友表示惊讶。"

"为什么会将第一笔收入寄回母校？我的回答很简单，因为有一个地方，你会爱上一些人；因为一些人，你会爱上一个地方。是的，在一中，我遇见了可敬的老师和可爱的同学，收获了可贵的师生情和同学情，是他们让我的青春不孤单，不单调。在这里，我从一个懵懂的小男孩变成一名活泼外向的青年；在这里，我学会了与不同性格的人交往；在这里，我找到了从低谷走出来的勇气；在这里，我做过许多疯狂、不为人知的事；在这里，我懂得怎样去爱，爱父母，爱朋友，爱同学，爱老师，爱国家。一中带给我的是情商、智商的提高，是为人处世方式的转变，是影响我一生的，是前所未有的。"

说起当年对周宏磊的帮助，刘婵老师深有感触地说："这件事情，如果不是他提起，我自己都忘记了。这些让学生感到暖心的小事，传递出的力量真的超出我们老师的想象。这也让我更加感到，关爱学生，不要说一些大道理，而是从每一件小事做起。"

周宏磊在发给刘婵老师的信息中这样写道："如今我已从一名飞行学员变为飞行员，那首流传于飞行员队伍的《我爱祖国的蓝天》时常响起在耳边，它提醒我深爱着蓝天。飞行就是我的生命，逐梦天空，为国仗剑，伫立新时代凝视高远天空，我期待未来能够像那些优秀的前辈、空战英雄一样，在祖国需要的时候挺身而出，在共和国的天空留下我的痕迹。"

"教育的前提，是爱。在爱中成长的学生，才有可能拥有更大的爱——家国大爱。"燕立国说。

燕立国与学生们一起种下树苗，植下希望

爱的唤醒

苏格拉底的父亲是一位著名的石雕师。有一天，他正在雕刻一只狮子。年幼的苏格拉底在一旁认真观察，突然问父亲怎样才能成为一个好的雕刻师。"看！"父亲说，"以这只石狮子来说吧，我并不是在雕刻这只石狮子，我是在唤醒它！"

"唤醒？"

"狮子本来就沉睡在石块中，我只是将它从石头监牢里解救出来而已。"

"唤醒"，多么富有启发意义的教育箴言。

孩子，特别是外界认为落后的孩子、自我放弃的孩子，其实就是石块里面沉睡的狮子，他等待着被唤醒，被唤醒沉睡的自我意识、生命价值。

教育是一个灵魂唤醒另一个灵魂，是一颗心灵感召另一颗心灵，是一个生命点燃另一个生命。

唤醒的力量，都是源自——爱。

一

"九位教师给杨帆义务送教上门，不仅是送知识，更是送爱，送希望。皂市镇中心学校的感人故事让我感动，也勾起了我的追忆，让我想起了我自己的老师。没有老师的关怀，就没有我的今天，老师的爱，拯救了当年的那个失落少年。"常德市公安局的梁滔感叹不已。

爸爸病重，在医院完全不能自理，母亲要照顾父亲，无暇照顾梁滔。

梁滔常常饿得几天都吃不上饭，学业成绩一落千丈。

没有责骂，没有歧视。常德武陵区东升小学班主任黄德珍将他喊到办公室："梁滔，老师发现你这段时间学习不上心，而且心情低落。是遇见了什么困难吗？能对我说吗？"

望着黄德珍慈爱的眼神，梁滔哇地哭出声来，断断续续将家里突发的情况说了出来。

"家里出现了情况，你别背思想包袱，我们一起想办法，好吗？"

黄德珍将梁滔接到家里："你今后就先住在我家，专心学习，别想太多。"

见梁滔的功课落下很多，黄德珍又在灯下辅导孩子功课。

整整一年，梁滔吃住都在黄德珍家，直到小学毕业。

不仅不要一分钱，黄德珍还自己搭进去不少。

"当年，如果不是黄老师及时给我关爱，我可能毁了，绝对不会有我的今天。"如今，梁滔成长为常德市公安局网技支队队长。

二

入选"全国微小说50强"、武陵区农民作家伍中正说："如

果没有遇见聂老师，我便是一个辍学的学童，不会成为一名作家。从主动家访到减免学费，从订阅报纸到悉心辅导作文，在我心里，聂老师就像一盏灯，一次次照亮了我前行的路。"

聂老师叫聂仁芳，原常德县肖伍铺公社肖伍铺中学语文老师。

伍中正的父母都是农民，承担不起孩子的学费，每学期都靠学校减免学费让孩子上学。

学校在太阳山脚下，家离学校有5公里。每天清早，伍中正就摸黑上学。他加倍珍惜读书的日子。

1982年，进入初二。新学期即将开学，学费没有着落。

"伢儿，这个学期，我看，你就不读了。"父亲沉默很久，终于说出了口。

新学期已经开学几天，伍中正没有去学校，而是默默地跟着父亲到田里干农活。他放弃了挣扎。

"中正，你怎么几天没有来学校了？"一天，屋外有人喊。

是聂老师的声音！

伍中正赶紧跑出来。

"伍中正是我们班品学兼优的学生，家里实在没有办法，我去学校做做工作，但还是请您支持他，支持他继续读书。"临走时，聂仁芳反复叮嘱伍中正的父亲。

回到学校，聂仁芳走进校长办公室，请学校减免优秀学生的学费。"如果不行，他的学费，我来垫。"

学校减免了学费。伍中正终于回到课堂。

见伍中正爱写作文，聂仁芳出钱订了全年《作文周刊》送给他。隔段时间，便能收到一期《作文周刊》，文字滋养了农家娃的心，并给心灵插上文学的翅膀。

见伍中正爱阅读，可是无钱买书籍，聂仁芳又送去一套《三国演义》连环画。

如今的农家娃，已经成为一名作家，出版了《翻越那座山》《就要那棵树》《谁来证明你的马》《云很白》等微小说作品集6部，所写的作品还时常出现在全国各地的学生试卷里。

"如果没有聂仁芳老师生活上的帮助和写作上的指导，我不可能完整地念完初中，更不可能有今天的创作成果。"伍中正坦言。

农民作家伍中正

三

　　湖南省委宣传部副部长、省文明办主任刘进能也回想起自己的恩师。

　　那时，读初中时，学校才开设英语课。刚开学不久，刘进能因病休学一月，错过了英语学习基础课。

　　重返课堂时，他根本听不懂英语老师的课。

　　干脆偷偷翻看小说，打发听天书般的英语课时间。

　　英语考试3分。

　　眼看孩子如此灰心，英语老师苏象贤很着急，心想：孩子，如果一科不学好，考高中都难啊。

　　当时，湖南省益阳市桃江四中有个规定：考上高中，英语成绩必须在60分以上。

　　进入初三，离中考的时间越来越近，刘进能急了，只得从最简单的字母开始学习英语。

　　经过一个学期努力，英语考试43分。

　　"我有点气馁，我一个学期全部精力都在补英语，就这么点分。"刘进能无奈地摇头。

　　苏象贤看着无奈的他，耐心地说："学英语就像农民种菜，你天天到菜园子施肥、浇水、除杂草，今天与昨天比看不到什么差别，但只要你天天坚持，一个星期与前一个星期就有很大的差别。43分确实不是好成绩，但对你来说已是很大进步，只要耕耘就会有收获，只要坚持就有可能成功。"

　　老师的鼓励，点燃了孩子的信心。下课后，苏象贤主动问他是否有不懂的地方，并利用休息时间为他开小灶补课。

　　1982年考高中，1985年考大学，1987年保送读研究生，他的英语成绩节节高。

　　"英语老师的鼓励，让我受益终生。"刘进能说。

　　在工作中，无论遇见再大的困难，刘进能总能想起英语老师曾说的那番话：只要耕耘就会有收获，只要坚持就有可能成功。

刘进能

四

　　"如果不是杨老师，我便还是一个网瘾少年，沉浸在虚幻、暴力的游戏世界里，不能自拔。我的父母都差不多放弃了我，但是杨老师没有。"湖南省常德市鼎城善卷中学的杨孟霏说。

他所说的杨老师叫杨英。

杨孟霏曾因上网玩游戏，学习成绩一落千丈。

有一天，杨孟霏从网吧出来，正好被杨老师撞了个正着。

"你不是答应过老师不再进网吧吗？"

"老师，我爸妈都不管我，再者只要我在学校不违纪，上课不打瞌睡，您就别管了。"杨孟霏不以为然地说，还有点破罐子破摔的无所谓。

看着杨孟霏扬长而去的背影，杨英陷入沉思。

杨孟霏的心已经不在课堂上，如果要将他拉回课堂，就得帮助他戒掉网瘾这个心魔。可是，如何铲除心魔呢？杨英心里没底。

不管怎样，都得想办法试试！

知道杨孟霏喜欢打篮球，杨英就让他参加校三人制篮球赛及运动会。

"老师，我不想参加。"

"试一试吧，你不是爱打篮球吗？"杨英不想放弃。

杨孟霏还是一动不动，坐着发呆，似乎已经将老师的话屏蔽了。

经过多次动员，杨孟霏终于极不情愿地加入球队。

带球上篮，强力灌篮，好！得分！

杨孟霏渐渐融入集体，充满朝气地奔跑着。在一旁观战的杨英露出了微笑。

"哎呀！"杨孟霏突然摔倒在地，手流出血来。

杨英赶紧上前。

"老师，没事！你给我个创可贴就行。"

"还一直在流血，你都站不稳了，不行，我带你去医院！"杨英执意背上杨孟霏直奔第六人民医院急诊室。

杨孟霏的伤口很深，在医院住了一个星期。

出院后，杨孟霏主动找到杨英："老师，我要给您写份《承诺书》，保证以后再不进网吧。您得要保管好。"

此后的杨孟霏，完全变了个人，昔日的网瘾少年成了全校"学习标兵"。

五

在常德市石门县雁池乡苏市小学，2018年3月5日，开学第一天，校园广播里传出校长王怀军的声音："师德就是把每个孩子都当作自己的孩子，师德就是不抛弃、不放弃任何一名学生，师德就是把爱倾注进每个孩子的心田。"

王怀军是全国人大代表，当天正在北京参加"两会"，她将师德师风教育的建议带到北京。出发前，她录了一段话，在开学典礼上和孩子们以特殊的形式见面。

学校的郑红霞老师说："王校长在北京开会，她放心不下她的学生，叮嘱我们做好'开学第一课'的学习活动。学生在她心里，就是自己的孩子。"

工程师吴远明的故事印证了这一说法。

"如果没有王老师的帮助，我可能就是一个在外奔波的打工者。是她，让我的命运有了大的改变。"吴远明说。

当王怀军来到苏市小学任教时，校舍千疮百孔，学生纷纷流失，300多名学生走得只剩180多人。翻看一本薄薄的学生花名册，抚摸着那一张张空着的课桌，她的双腿像灌了铅一样沉重。

带上学生花名册，她和几名老师往村里赶。

爬山路，蹚小溪，过吊桥。村村到，户户落。她走遍了乡镇的21个村，穿坏了两双胶鞋。

吴远明中途突然辍学。王怀军上门劝学。

"什么都别说了，不是孩子不想上学，是我不准他去！"孩子的父亲冷冰冰地说。

躲在墙角的吴远明无奈地低着头，垂着泪。

王怀军的耐心劝说都被挡了回来。吃了闭门羹，回到学校，王怀军失眠了。

第二天天一亮，她又爬山路到吴远明家。

"我知道是因为家里穷，没有关系，我每个月给他资助20元。"王怀军满怀希望地望着吴远明的父亲。那时她每月工资

86元。

吴远明终于背起书包回到学校。

7年后，吴远明考上石门县一中读高中。王怀军乘车80多公里，陪着学生一起去新学校报名。2000多元学杂费，每个月100元生活费，王怀军全包了下来。

高中3年后，吴远明考上华南理工大学。如今，成了一名工程师。

像吴远明一样，命运因爱被改写的还有不少山里娃，覃涛便是其中一位。

"没有办法啊，孩子爹妈在外打工，我们年纪大了，管不到他啊。"有一天，一位老人推开了王怀军的门。

是覃涛的爷爷。

"您老要是放心，就把孩子放我家，我待他会跟自家的孩子一样。"

覃涛将行李背到了王怀军家。

曾经捉蜂子蜇人、拿针刺同学的"捣蛋王"改变了，覃涛被选为班干部。几年后，他成了哈尔滨理工大学的一名大学生。

"妈妈不爱我，每天中午总是先给学生热饭，我都是最后一个吃饭。"这是王怀军的女儿作文本里的一句话。母亲在食堂围着锅灶为学生热饭的背影，曾让她不解。

山里娃大多自己带饭到学校，到了用餐时间，饭菜冰凉。王怀军便当厨娘，为学生义务热饭。学生最多53个，最少30多个。

当年不理解母亲的女儿，自己也成了一名老师，她理解了"老师妈妈"这个称呼的厚重与情深。

王怀军在雁池乡已经工作了30多年，在学校身兼数职，

既是校长、教师，又是厨师、茶农、橘农、泥瓦匠。不少人前去学校参观，时常看见王怀军满脚泥，正在菜园里种菜。学校种的菜，全部补贴进了学生们的饭碗里。

王怀军在种菜

2018年全国"两会"期间，王怀军向全国人大提出的建议是，在全社会宣传、弘扬"送教上门"这一师德师风建设的典型事迹和经验，建立教育主管部门、学校、教师、学生家长以及学生五位一体的师德师风建设评价体系，坚持"以人为本"的宗旨，为师德师风建设提供坚强的保证；进一步加强对困难学生及其家庭的帮扶力度。她还倡导全国的教师拒绝有偿补课，学习皂市镇中心学校九位义务辅导教师的奉献精神。

王怀军说："教育塑造人的灵魂，教师改变人的命运。习近平总书记曾说：'一个人遇到好老师是人生的幸运，一个学校拥有好老师是学校的光荣，一个民族源源不断涌现出一批又一批好老师则是民族的希望。'作为一名山区教师，我们更懂得'好老师'对于山里学生的重要意义。作为一名全国人大代表，我们更希望，能让更多的学生拥有遇到好老师的人生幸运。"

爱的传承

相传，古人对火种非常珍惜，部落里派专人看守，不时往火堆里添柴，以防火种熄灭。

每一块柴的燃烧，都有尽头，但前柴烧尽，后柴又燃，新的火苗承接旧的火苗。

这不灭的火种，犹如知识的火种、爱的火种。

燃烧的火把，被为人师者高高擎起，又被昔日学生接过，代代传递。

薪火相传，火种不灭。

一

"皂市镇中心学校老师的故事，让我想起了我的老师。"常德市武陵区紫桥小学教师陈瑛发来信息。

"读了报道，我的心久久不能平静。回顾自己的求学生活，我的生活中，出现过塑造我灵魂的好老师。我也尽力希望自己能成为我学生心中的好老师。"

1976年12月，常德户外三寸厚积雪，屋檐都挂有近一尺长的冰棱。陈瑛冒着雪，头上包着用各种旧毛线织成的围巾，慢慢朝学校走去。

从德山街尾走到街头，再翻过河堤才是学校。

雪大路滑，下堤时，陈瑛不慎滑倒好几次。赶到学校，衣服上满是雪。

教室在一楼，两教室中间有间10平方米的房子，原是方便教师备课所用，临时改为教师宿舍。班主任龚艳丽一家三代就住在这间小屋里。

龚艳丽摸了摸陈瑛薄薄的棉衣说："哎呀，衣服都是湿的，赶快换一件干衣服。"她边说边从房间里取出一件棉衣。

龚艳丽又将家里唯一的煤炉提进教室，放在靠讲台的门边："天冷，大家都烤烤火吧。"

"那天，全班同学轮流烤手，这一幕一直在我心中珍藏，想想，就很温暖。"40多年后，回忆起当年的那一幕，陈瑛依然十分感动。

"后来，我也成了一名教师，我牢牢记住了那盆火的温暖，并告诉自己，我们教师就要像那盆火一样，给学生温暖和希望。"

2004年初春，常德倒春寒，天下大雨，紫桥小学内涝，不少学生鞋子湿了。

陈瑛细心地在教室里生了盆木炭火，用几把椅子围着，将所有学生的湿袜子、湿裤子烤干。

"那时，我的袜子湿了，老师让我脱下烤时，将我的脚用报纸包着，这样，我就不冷了。烤干后的袜子，好暖和，我的心里也好暖和。"时隔14年，学生张鹏说起陈瑛老师当年升的那盆炭火，依然十分激动。

陈瑛老师爱与孩子们在一起

二

　　常德市鼎城区长茅岭学校老师王仕平说："我人生的许多选择和我的老师有关。1990年，当我回到母校，在心里默默地说：'陈老师，您看，我接过了您的教鞭，我也要像您一样，用知识去改变农村孩子的命运！'"

　　王仕平念念不忘的老师叫陈忠国，曾是她的班主任。1986年9月27日，王仕平的母亲被疾病夺去生命。正读初三的她，刚刚获得五门单科竞赛第一名的好成绩，却不得不辍学在家。

　　一天晚上，一个同学来到王仕平家，送来一封信。信是陈忠国写给女孩父亲的。王仕平赶紧拿过来，一边读一边哭。信里写着："我知道你们家现在经济很困难，我准备向民政局提出申请，申请助学金，将来仕平把初中读出来，可以考个师范，读书都不用出钱了。"

那封信，使父亲改变了决定。王仕平终于回到学校。

"在他的帮助下，我读完初中，并听从他的建议，选择了湖南第一师范。拿到录取通知书的那一天，陈老师很高兴，并希望我毕业后就回到长茅岭工作，为家乡培养人才。"

从湖南第一师范毕业后，她实现了对老师的承诺。

当王仕平看见学生宋玲的时候，仿佛看见了自己当年的影子。

2010年，宋玲的父亲骑摩托车出了车祸，坐在后面的爷爷不慎摔断腿。2014年，宋玲的父亲骑摩托车再次发生车祸，失去性命。

女孩面临着失学的危险。

"读书改变命运啊。"王仕平决定将女孩接回学校。

宋玲的家在双冲水库尾的一个山坳里，离最近的小卖部都有2公里，交通不方便。

王仕平出现在学生家门口，空荡荡的堂屋里，摆放着棺材，棺材的油漆都没有干透。宋玲看见王仕平，扑到老师怀里失声痛哭。

从宋玲家里回来，王仕平的心久久不能平静。"那时，我想起了自己，也经受过失去亲人的疼痛，也曾因为贫穷差点读不成书。当年，陈老师救助了我。如今，我也要将爱心接力棒传下去，救助宋玲！"

王仕平写了家访日志，放在网络上，希望得到好心人的关注；还将宋玲的家庭情况用手机拍摄下来，带着资料走访有关部门。

在大家的努力下，宋玲成了帮扶对象，一直帮扶到她大学毕业。

宋玲想感恩。宋玲的奶奶给王仕平送去自家打的油，被拒绝了。宋玲又跑到长茅岭学校看望老师："等我弄到钱后，我要报答您。"王仕平笑了："你不用报答我，等你有能力了，去帮助那些贫困的人。"

三

北正街恒大华府小学校长唐静说："我曾经是一个十分自卑的孩子，是何老师让我看见了希望。我一直记得她曾经说过的那句话——你的优点一直在老师眼里。当我成为老师后，我也时常对学生说起这句话，并且告诉自己，要有一双善于发现优点的眼睛和有一颗懂得等待的耐心，陪着孩子成长为树。"

唐静曾就读于常德市武陵区高山街小学。由于父母离异，唐静自卑甚至有些自闭，寡言离群。

一天放学后，唐静背着书包正准备回家，何乔君老师叫住了她："唐静，你留下来。"

何乔君温和地看着她："唐静，学校举行'六一'会演，班级想编排一个朗诵节目，你来做领诵吧。"

唐静睁大了眼睛，自卑地连连摇头："不，不，老师，我不行！"

"怎么不行啊，你的声音很美，很适合这个角色。"何乔君看着唐静，眼睛里写满鼓励。

"可是，老师，我从来没有做过。"

"不急，慢慢来，你的优点一直在老师眼里！"

何乔君老师那双充满信任的眼神让唐静无力再拒绝。

在语文课上从不开口的唐静，担任了班级诗歌朗诵的领诵。

那一次，他们获得了学校"六一"文艺会演的一等奖！

从那以后，唐静变了一个人似的，曾经蜷缩在狭小枷锁里的心，终于得到了解放。朗诵，也成了已经伴随她近30个年头的执着爱好。

"'你的优点一直在老师眼里！'这句话像一束光，照亮了我，也照亮了我的教育信仰，那就是：不焦灼不浮躁，慢下脚步办教育，以静待花开的从容陪伴每一个生命自然生长。"唐静说。

当她在乡村小学——丹洲中心小学担任校长时，她推广"慢教育才是健康的教育"理念，打造她梦想的慢校园。

课堂上老师让学生回答问题不能一味催促，不能急于把标准答案告诉学生；班级管理也不能急躁，不急于批评；学校将户外活动与农家生活结合起来，带着学生观察植物的生长，体验慢生活。

2018年，唐静调入北正街恒大华府小学担任校长。在那里，她继续推广"慢教育"。

有一天，她走进一间教室，学生们都在埋头做试卷，只有一个小男孩正在折纸。小男孩将那张折叠的彩纸展开在手心。哦，一朵美丽的小雪花绽放了。

小男孩骄傲地拿给旁边小女孩看。一回头，他猛然发现了唐静老师，不知所措。

　　唐静弯下腰，轻轻刮了刮小男孩的小鼻头："为什么你不做试卷呀？"

　　他怯生生地回答："那是家庭作业，我想回家做。"

　　哦，原来这样。

　　"好吧，那你就剪吧，剪出的作品都取一个好听的名字，等会老师和同学们一起欣赏。"唐静同意了孩子的想法。

　　老师对淘气孩子的"惩罚"，让一些学生感到十分吃惊。

　　"老师，是不是这堂课，可以不做试卷，做自己喜欢做的事情啊？"他们举起小手不解地问。

　　"当然可以！"

　　"哇！太好了！"一朵朵笑容绽放在一张张小脸蛋上。

　　有的读童话书，有的画画，有的下棋，有的剪纸。

　　临近下课，剪纸的小男孩已经将桌面上收拾得干干净净，一件件作品也摆放整理。

　　"老师，这个叫三叶草，它叫橙汁，这件嘛，取名小鸟翩翩。"

　　"嗯，不错，有创意！"唐静微笑着赞扬，并拿出手机为他拍照。

　　其他同学也纷纷为他的作品鼓掌。

　　受到明星般的待遇，小男孩笑得满眼欢喜。

　　"那时，如果我急躁地催促学生早点将作业做完，急躁地打断小男孩手中的乐趣，那么教育的效果会完全不同。我相信，在那个剪纸的小男孩心里，那堂课将是一颗美丽的种子，让他感到做自己喜欢的事得到了珍视与赏识。"唐静在与教职工交流时，时常说起这件事，并鼓励老师要懂得"慢"。

在唐静心里，孩子们就是一棵棵小苗，他们有自己的成长时间，老师需要"慢"下来，陪他们成长

四

"献血大王"常德市武陵区北正街小学体育老师罗俊明发来长长的留言："作为一名有着20多年教师从业经历的我，每每读到'教师'这一词语，都不免会惊醒端坐，如芒刺在背，不敢有些许懈怠……"

罗俊明坦言，读初中时不是一个好学生，不爱读书，常常打架、抽烟、喝酒。

班主任戴德兴很着急。

老师的着急，却让处于青春叛逆期的罗俊明熟视无睹。

逃离，逃离！罗俊明决定离家出走。

"戴老师，孩子不见了！"罗俊明母亲匆匆赶到学校，发现儿子并不在学校，一下傻了眼。

"别急，别急，我们马上去找！"

　　从市区徒步，一直走到10多公里外的德山，戴德兴和孩子母亲整整找了一天，直到晚上，才在河边找到罗俊明。

　　"冷不冷？饿不饿？先吃点东西再回家。"戴德兴找到孩子后的第一句话，让罗俊明一直刻在心里。

　　罗俊明重返校园后，戴德兴让他做助手，帮着管理班级。

　　厌学的孩子终于考上桃源师范学校。

　　戴德兴邀请罗俊明回母校作典型发言。

　　"我曾不是一个好学生，今天，戴老师邀请我回学校讲述自己的成长故事，以此来勉励大家。我想对戴老师说，谢谢您，谢谢您当年不曾放弃我。"站在母校的讲台上，罗俊明望着讲台下戴德兴那双充满关爱与鼓励的眼神，忍不住流下泪来。

　　"戴老师让我走上了当教师的路，我也一直努力像戴老师对我一样对待我的学生，不放弃任何一个学生。"罗俊明说。

　　罗俊明第一次见到学生武强时，孩子虎头虎脑，头发长，一身脏兮兮，不合群，眼神中没有孩童的欢愉。后来得知，孩子的父母离异。

　　罗俊明将武强招到自己所带的体训队，想去改变他。武强却与班主任吵架后逃学，并执意不肯再来读书。

　　罗俊明打听到武强的家庭住址，上门做工作。武强不在家。

　　"他愿意读就读，不愿意读就不读！"武强的母亲淡淡地说。

　　"孩子这么小，不读书怎么行呢？"临出门时，罗俊明依然苦口婆心地劝说。

　　武强没有去学校，而是跟随外公到一个小工厂做工。

　　罗俊明再次登门。"孩子还小，他不懂事，我们大人不能不管啊。要不然就会耽搁孩子一辈子！"

　　武强的母亲有所触动，给武强打电话催促他回家。半个小时后，武强进了家门。

　　没有指责，有的是特有的"罗氏幽默"。"今天，罗老师来请你回去上课啊。"罗俊明笑着说。

　　武强也忍不住笑了，但是态度坚决："我还是不想读书。老师都不喜欢我，同学们也不喜欢我。"

　　"要让大家认可你，你就得先改变自己。罗老师再给你一个晚上的时间考虑，你明天早上还不去上课，我中午又会过来。"

　　第二天，依然没有发现武强的身影。

　　中午，罗俊明第三次登门，正赶上武强母子吃中饭。三个

罗俊明与孩子们玩在一起

人围在一桌，罗俊明一边开导，一边给孩子夹菜。"吧嗒吧嗒"，孩子的眼泪滴落在饭碗里。当天下午，罗俊明终于将武强带回校园。

罗俊明"提拔"武强为训练队队长，又私下里给孩子所在班级做工作，让大伙多鼓励武强。

第二年，武陵区召开全区运动会，武强获得了全区三个第一名，成为赛场上的一匹小黑马！

"教育孩子，就像是进行一场长跑，坚持下去，不放弃不抛弃，才会有希望。我是一名教师，也是一名献血志愿者。我参加献血，救助的是身体；教师给学生输入知识的血液、信仰的血液、爱的血液，救助的是心灵。在献血与育人的道路上，我愿意继续努力。"罗俊明说。

第四章　觉醒的课堂

——我愿如火融化坚冰

大山里的课堂

是一面镜子

一面觉醒的镜子

照得见平庸与伟大的距离

"做温暖的教育，如火，融化坚冰"

这是为人师者最有力的领悟

　　"真的没有想到，我们学校义务送教小分队的故事，如一颗石子，在全国教师行业中激起了波浪，并且让整个行业重新解读职业荣光与职业道德。"皂市镇中心学校校长杨万庆说。

　　2018年2月9日，湖南省教育厅发文要求：加大特殊儿童少年关爱力度，全面实行一人一策和送教上门，努力让每个孩子都能享有公平而有质量的义务教育。

　　2018年2月13日，教育部办公厅、民政部办公厅、人力资源社会保障部办公厅、工商总局办公厅联合发文，《关于切实减轻中小学生课外负担开展校外培训机构专项治理行动的通知》明确规定：坚决查处中小学教师课上不讲课后到校外培训机构讲，并诱导或逼迫学生参加校外培训机构培训等行为，一经查实，依法依规严肃处理，直至取消教师资格。

　　2018年3月，全国"两会"期间，全国人大代表、常德市石门县雁池乡苏市小学校长王怀军将师德师风教育的建议带到北京，倡导全国教师拒绝有偿补课，学习皂市镇中心学校九名义务辅导教师的奉献精神。该提案引发热议。国务院总理李克强作的2018年政府工作报告中指出，加强师资队伍和师德师风建设。教育部部长陈宝生为义务送教小分队题词，并委托参会的全国人大代表王怀军带给皂市镇中心学校。

　　2018年7月1日，教育部副部长朱之文受陈宝生的委托，前往皂市镇中心学校慰问，看望送教上门的十名教职工和患病学生杨帆。

在湖南省常德市，一股新风更是荡漾全城。皂市镇中心学校送教小分队的成员纷纷走进"道德讲堂"，走进机关、学校、社区、厂矿，讲述送教故事。2018年2月12日，常德市教育局下文，号召全市教师向九位义务送教教师学习。教育系统全体教师学习他们的故事，签订"拒绝有偿补课承诺书"，并围绕师德师风展开讨论，撰写心得体会。

大山里的小课堂，成了为人师者的课堂，让他们重新看见三尺讲台的庄重与神圣。

小小的三尺讲台啊，流淌着中华文明的历史，浓缩着熠熠生辉的智慧，凝聚着一代代人的英雄情怀。无论是倡导"有教无类"的古代教育家孔子，还是倡导"爱的教育"的近代教育家陶行知；无论是"心有大我、至诚报国"的高校教授黄大年，还是"一根扁担挑起山乡未来"的乡村教师张玉滚，他们都是我们民族的精神高地，都是三尺讲台写就的辉煌篇章。

小小的农家课堂啊，传递着"传道授业解惑"的职责，镌刻着"举起的是别人，奉献的是自己"的承诺，抒发着"写下的是真理，擦去的是功利"的情怀。无论是"只要你能坚持，我们就送教上门"的学校副校长蔡代圣，还是"因为愿意，所以无悔；不为名利，只是不忍"

的义务送教老师覃和平，他们都是大山孩子的精神火把，都是农家课堂散发出来的暖人阳光。

大山里的小课堂，成了更多人，特别是为人师者的课堂，他们重新解读"人民教师"这个神圣称谓，读出了神圣，读出了责任，读出了差距。

人民教师，您的名字叫"园丁"，这是社会对您富有田园诗意的比喻。辛勤园丁情，学子寸草心，您是否真正如园丁一样，呵护了园中的每一朵娇嫩的花？

人民教师，您的名字叫"春蚕"，这是社会对您无私奉献精神的赞美。春蚕到死丝方尽，您是否真正如春蚕一样，吐尽心中万缕丝，织就锦绣暖人间？

人民教师，您的名字叫"蜡烛"，这是社会对您默默付出品质的褒奖。蜡炬成灰泪始干，您是否真正如蜡烛一样，燃烧自己，照亮他人？

人民教师，您的名字叫"春雨"，这是社会对您洗涤心灵职责的期待。随风潜入夜，润物细无声。您是否真正如春雨一样，泽被了干渴的心田，温润了无知的灵魂？

小小的农家课堂，留给我们的除了深深的感动，还有深深的思考。

缝隙里的阳光

教育的光辉，源自每个教师内心对事业的热爱和坚守。只有自己活成一道光，才有望将学生照亮。

教育的温暖，源自每个教师真心对学生的关怀与指引。只有自己有温度，才有望给予学生温暖。

爱与暖，是藏不住的，即使是在缝隙里，是在不为人知的大山深处，它也会如一缕阳光，瞬间将周围照亮。如这九位义务送教教师的故事，给予为人师者的感触。

鼎城二中校长钟学刚：

教育从来就不应该是功利的，这个叫杨帆的孩子所感受的人文关怀，为她和她的家庭战胜病魔提供了精神的力量。与考试无关，与排名无关，送教教师用广博的人文情怀，给我们所有教师上了生动的一课。学校教育不应该如此吗？重视培养学生的人文情怀，使学校教育内化为学生的人格，转化为学生的信念，就必须让学生吸收丰富的人文精神的养料。如果我们的学生能拥有广博的人文情怀，对我们的社会、我们的国家、我们的世界有一种发自内心的人文关怀，那么他离开学校步入社

会后，不管遇到什么，他的心灵深处都会始终燃烧着一支崇高精神的火炬。对于学生，在他最冰冷的时候，我们教师给予了他一些温暖，这个世界会多一个有温度的灵魂。作为一名校长，更应该具有这种灵魂的温度，也只有这样，才能带出一支有温度的教师队伍，才能建设出一所有温度的学校。

钟学刚带领全校教师进行师德师风宣誓

武陵区丹洲小学教师朱启娟：

教师既重言传，更重身教，身正为范。我的读书时代，曾遇见了像石门县皂市镇义务送教老师一样有爱心有责任心的好老师，也曾遇见刺伤我自尊心的老师。当我自己成为一名老师后，一位老师的形象多次浮现在我的脑海，他就像一面警钟，时刻提醒着我不要口出狂言，不要恶语伤人。我知道，当年，他教育我们的前提还是出于爱，但是他没有正确去表达爱，语言让学生感受不到阳光与温度，爱就成了一种伤害。

朱启娟愿成为阳光，变成笑容绽放在学生的脸上、心底

常德安乡黄山岗中学教师曾昭辉：

教育的过程应该始终有爱的陪伴。师爱是无私的爱。既然做了教师就要热爱这个行业，并愿意为教师这个职业奉献终生。我们只有"想"做好，才"能"做好。没有对职业的爱，就更谈不上对学生的爱。胜似母爱的引导，全力付出，不图回报，全心全意，是每个孩子对于师爱迫切的需要。

师爱是智慧的爱。苏联教育家马卡连柯说："爱是一种最伟大的情感，它总是在创造奇迹，创造新的人，创造人类最伟大的珍贵的事物。"智慧的爱，需要赏识、鼓励、包容和拒绝。师爱不是一种恩赐和施舍。教师不仅担负传道、授业、解惑的职责，还要拥有智慧的爱——激励和包容。师爱不是溺爱，不

是无限制地给予。智慧的师爱应该用智慧启迪智慧、用情感陶冶情感、用思想影响思想、用人格塑造人格。

"师爱"是师德的核心，九位教师对一个学生的义务辅导，践行了师德的核心，为一位因病行动不便的学生送教上门，送去"师爱"。

常德市武陵区育英小学教师堵璜：
高尔基曾说过："只有爱孩子的人，他才可以教育孩子。"

教学风格可以各显身手，但爱才是学生打开知识之门、启迪心智的开始。爱自己的孩子，那是连母鸡也会做的事情；爱别人的孩子，这才是伟大而神圣的壮举。

患上格林巴利综合征，对于杨帆来说是不幸的，腿脚无力的她只能靠父母背着、抱着、抬着。但她又是幸福的，皂市镇中心学校的九位教师轮流上门，为她义务辅导。在校外培训班已成常态的今天，他们的这一举动犹如一剂良药，唤醒了还沉浸在有偿补课中乐此不疲的为人师者。

习近平总书记提出，要做党和人民满意的"四有"好老师（有理想信念、有道德情操、有扎实学识、有仁爱之心）。教育是一门"仁而爱人"的事业，所谓"经师易得，人师难求"。好老师应该是仁师，用爱培育爱、激发爱、传播爱，通过真情、真心拉近师生间的距离，滋润学生的心田，把温暖和情感倾注到每一个学生身上，用欣赏增强学生的自信，用信任树立学生的自尊，让每一个学生都健康成长。

师者父母心，有了这颗父母心，我们才能"横眉冷对千夫指，俯首甘为孺子牛"；有了这颗父母心，我们才会"桃李不言，下自成蹊"。

自少年，到青年，入中年，所求者，父母心！

常德鼎城江南小学教师梁辉丽：
阳光是大自然送给我们最好的礼物，它会带给我们温暖，置身在寒冷的冬日里，阳光越发显得珍贵。当我看到石门县皂市镇九位教师不辞辛苦，在崎岖的山路间来回奔波，为一个身患疾病学生义务辅导的故事后，顿感一股暖流涌上心头。这个

故事，给了我在这寒冬腊月里最最朴实无华的温暖与感动。

教师吃的是一碗良心饭。习近平总书记曾这样说过："爱是教育的灵魂，没有爱就没有教育。"好老师应该把自己的温暖和情感倾注到每一个学生身上，用欣赏增强学生的信心，用信任树立学生的自尊，让每一个学生都健康成长，让每一个学生都享受成功的喜悦。

石门县皂市镇中心学校义务补课的这一行校长与老师们，正是用爱与付出践行着好教师的标准。不为名利，而仅仅只是因为不忍看着一朵娇嫩的花儿在房间孤独凋落。因为选择，所以坚持；因为愿意，所以无悔。

那简陋得不能再简陋的个人教室，因为教师们周而复始的坚持，变得爱意满满。这份感动，让身患疾病的学生动容，让家长动容，让乡邻们动容，让包括我在内的教师同行动容。我想，义务补课的教师们所释放的温暖与爱，犹如一道耀眼的光，照亮了患病孩子前行的路，更照亮了我的追求之路。

愿这份感动能促使我不断前行！

常德市武陵区东升小学教师王安妮：

我不禁想起"百年大计，教育为本"这句话，这句以前我们总在雪白的石灰墙上看到的话。教育大计，教师为本。相信每一位加入教师队伍的教育人，走上岗位时，都带着一颗饱含爱的初心。无论我们身处何时何地，一定要坚守教育人的爱，因为教育是根植于爱的，爱是教育的源泉，没有爱就没有教育。师爱是师德的灵魂，也是教育的责任，更是为师者的情怀。晨起踏露，夜灯未眠，笔墨纷飞，情怀蕴含着我们热切的期望和厚重的职业操守。

若每一位教师都能如这九位教师一般，面对自己的每一位学生，无论他们健康还是疾病，无论他们贫穷还是富有，无论他们成绩优秀还是落后，都怀揣爱心一视同仁，做他们人生路上的明灯，做他们答疑解惑的仁者，为他们开启成才之路，那么在几十年的三尺讲台人生后，蓦然回首，看看亲手培育的桃李，已是花开满山，待到山花烂漫时，方觉得自己是师者，不愧师者，亦能丛中笑！

常德安乡职业中专教师唐爱清：

　　生命之所以精彩，是因为总会有人在我们最需要帮助的时候，不言付出、不计回报化为春风相助，是他们给了我们底气，他们是生命裂缝中的阳光。为患病女孩杨帆义务辅导的九位教师，正是这样的存在。

　　鞠躬尽瘁，风雨无阻，却分文不取，无怨无悔。杜甫有感："安得广厦千万间，大庇天下寒士俱欢颜，风雨不动安如山。"范仲淹说："先天下之忧而忧，后天下之乐而乐。"人民教师，也许并不像古代士人那般，把天下苍生都放在心中，但是，孔夫子教导仁者爱人。李商隐也说："春蚕到死丝方尽，蜡炬成

灰泪始干。"教师的使命，就是燃烧自己，照亮他人，不以自己的利益为中心，而是始终怀抱一颗无私奉献的心，为国家培养栋梁之材，为社会培养有用之才。

桃李不言，下自成蹊。义务辅导的九位教师，是所有教师的榜样。杨帆同学是所有同学的榜样——疾病阻止不了她的求学之心，学海无涯，她从未停下前进的脚步。愿她的梦想能够实现，也不负这些在她最困难时期为她无私奉献的老师们。生而为人是一场历练，但始终要相信，就算再不完美的角落，也会洒满希望的阳光。

我愿如火融化坚冰

教育，不是灌输，是点燃火焰。

教育，不是苛责他人，是反躬自省。

教育，不是寄望于未来的空想，是根植于当下的践行。

作为一名教师，该如何以九位义务送教教师为镜，照见自己的不足，看清前行的方向呢？不少教师，有自己的思考。

常德汉寿县辰阳中学教师张琼：

同样身为教师，皂市镇中心学校教师义务送教的故事不仅打动了我，更提醒着我。

教师，不仅仅是知识的传播者，更应该是美好心灵的创造者和继承者。面对学生的不幸，我们有义务也有责任帮助他们，延续他们的求学之路。当然，这使命肯定不会轻松，会遇到许多实际困难。我由衷敬佩送教的教师们。且不说送教花费的时间、路途中的不便，光想想每周四一次课要讲完一周的学习内容，这其中付出的精力必定是常人难以想象的。

"为杨帆同学送教上门，我们义不容辞。只要这个孩子能够坚持，我们会一直做下去。"皂市镇中心学校校长杨万庆说。这句话，深深打动了我。原来在教师们心中，这使命并非什么值得炫耀的奉献，只是身为教育人的义不容辞。

教师们竭力为杨帆送去的是知识，可何止呀？在这冰冷的时节里，教师们就是温暖的化身，来到了被病魔禁锢的杨帆身边，为这个家送去冬日暖阳。

杨帆的母亲懂，所以她真诚地感谢教师们的付出，并会被教师们的精神感染，全力帮扶村里的贫困户。

杨帆懂，所以她努力学习，积极配合，坚持理想，心向阳光。

柏拉图说："教育非它，乃心灵转换。"

至此，我也真正懂得这样的情怀：做一个内心温暖而精神富足的人，用智慧启迪智慧，用激情点燃激情，用爱心浇灌爱心，用温暖传递温暖，用精神影响精神。这不只是一种教育的理念，更是一种美好生活的信条、一种崇真向善的信念。

余生，我将恪守这信念：做温暖的教育，如火，融化坚冰；

如水，润泽万物；如光，驱散黑暗。

常德安乡陈家嘴中学教师刮丽娟：

看到优秀教师张丽莉在那么危急的时刻能舍身救学生时，我感叹自己没有她那样的勇气和舍己为人的精神；看到优秀教师支月英苦守大山教育两代人时，我感叹自己不能做到她那样的坚守；看到优秀教师李丽自身残疾还能长期从事公益事业和青少年心理教育工作时，我感叹自己做不到她那样的坚强。我感叹他们的不平凡时，也在朝他们优秀的方向努力，只是似乎要做到他们那样的优秀对我来说距离还是有点远。直到读到九位教师对一个学生义务辅导的故事，我知道了：不一定要舍身救人，优秀是平凡而伟大。

在我们陈家嘴中学，虽然没有像杨帆同学那样身患重病的孩子，但是有一些需要关爱的贫困留守儿童，还有一些需要心理沟通和辅导的孩子。更好地关爱好这些孩子，是我们学校教师努力的方向。我们学校也有省吃俭用、"十帮一"、送爱心上门的好教师，也有愿意牺牲休息时间和学生深入谈话、课后义务辅导的好教师，这些都是我学习的榜样。

鼎城区石板滩镇中学教师蔡爱斌：

"教育应该面向每一个学生，无论健康还是疾病，无论贫穷还是富有，无论成绩优秀还是落后，一视同仁，为他们开启成才之路。"这句话应该成为每一位教师的座右铭。

送教上门之举，体现了"全纳教育"的理念，让每一个因为疾病或者残疾而不能去学校的孩子能够接受教育，逐步完善残疾儿童教育保障体系，为"折翼天使"撑起一片成长的天空。送教，送的不仅仅是一种教育方式，更是党的教育形象，让弱势群体能够感受到国家给予的关怀和温暖。

这些特殊的学生群体，幼小的心灵饱受生活的折磨，我们应该以十倍、百倍的关爱让孩

子感受到社会的关怀，以春雨般细腻的情怀和高山般巍峨的胸襟抚慰孩子受伤的心灵，用广博的知识和精湛的教学让无法走出家门的孩子学会用心去体验世界的广袤，用饱满的精神和真挚的情感让孩子的心灵得到成长，用灵动的音符去弹奏孩子的"心灵之音"，教会他们不去埋怨世道的不公，而是学会以自己的双手，以宽广的心灵，去创造自己的人生。用我们的陪伴告诉他们：你们不是孤独一人，党和国家关注着你们成长，费尽心力为你们提供一片安定的天空，你们将在大家的帮助下，自信而笃定，不紧不慢地自由成长，实现自己的梦想。

　　作为一位教师，我对这九位教师的善举由衷感到敬佩，他们为杨帆点亮一盏人生的明灯，他们为这个风雨飘摇之中的家庭送去安定，他们为社会教育事业树立了一个榜样、一座丰碑。作为一个教师，我深切地感受到了一种召唤！

　　我们一点一滴的努力，将会带给千千万万个孩子以光明，将会带给千千万万个家庭以温暖。

别让教育成"迷路的小孩"

在许多人的记忆中，还保存着这样温暖的画面：下课后，或是放学后，教师留下来，主动给学生补课，与金钱无关，与地位无关。不知从何时开始，义务补课被有偿补课替代，付出额外劳动收取额外报酬，被视为天经地义，更有甚者是课堂上不讲故意留在课外有偿小课堂讲。单纯的师生情，少了一颗真诚心，多了一份铜臭气；教师对学生少了一份关切，学生对教师少了一份感恩。

有偿补课，小而言之损坏的是师生情谊，大而观之动摇的是一个民族和国家的道德信仰根基。教育是灵魂唤醒灵魂的事业，为人师者灵魂蒙尘，又怎会育出高尚灵魂？

拒绝有偿补课，让教育不再迷路，这也成了一个时代的呼唤。

桃源县教育局办公室莫晓晖：

我上学的时候，老师时常为我们补课。记得读高中时，我患上重感冒，没有上课，落下了课程。数学老师，也是我们当时的班主任，追到我家里来给我补课。补完课连我家一口水都

没喝就走了。

　　为什么我们那个年代的学生都比较怀念当初的那些老师，对他们很有感情？因为他们确确实实是负责任。可不知道从什么时候开始，补课，一点点从"义务"变成"有偿"，而且有偿补课开始成为一种风气。家长和孩子很无奈地去参与补课，个别老师可以在课堂里讲明白的东西，故意放到补课里边来"钓鱼"，来收钱。这样的有偿补课，不是真正的市场经济行为，而是地地道道的缺德行为。我的孩子就遭遇过这种尴尬。孩子快要升初中了，我才让她去补课，结果补课回来，女儿对我说："补课之后做题简单多了。"她说，用课堂上老师讲的方法解题很麻烦，而用补习课上老师的解题方法解题就非常容易。同样的题目，同样的老师，却在不同的授课地点，运用不同的方法。学校课堂与课外有偿小课堂，竟然有如此区别。

　　在课外辅导班把教学当成一门生意的今天，在有偿补课被大家习以为常的现在，九位老师义务补课的行为，犹如一股清风，吹开了师生之间的那层隔膜，赋予了教育新的生机。

鼎城教育局办公室余珂：

　　时代在变，社会在变，摒除纷杂，静心沉思，在传统教育与现代理念汇集下的今天，你是否思考过这样一个看似简单却又涵盖天地、看似浅显却又意境深远的问题——究竟何为师者？

　　德行是为师之源。古人云："树人必树其灵魂，育人必育其品德。"师者，是道德上的合格者，是以德施教、以德立身的楷模。或许在你的身边，充斥着关于教师各种嘈杂的声音，因为一个人、一件事，"师者"这一群体在你心头蒙尘。但在那远离都市的大山里，在那蜿蜒曲折的几十里山路上，在那十名教职员工奔波的身影间，在那破旧堂屋里孜孜求学的画卷里，我们看见了教育的淳朴和真诚。

　　在课外辅导班把教学当成一门生意的今天，在有偿补课被大家习以为常的今天，他们为钱吗？不！这些教师连茶水都自备，怎会为钱？

　　在某些人追名逐利、大肆造假搏出位的今天，他们为利吗？不！他们把道义放在前面，把利益放在后面，无论物质如何异化，他们的天理人情始终"不坠于地"。

　　责任是为师之本。梁启超在《最苦与最乐》中这样写道："人生什么事最苦呢？贫吗？不是。失意吗？不是。老吗？死吗？都不是。我说人生最苦的事，莫苦于身上背着一种未了的责任。"与此相反，人生最乐就是在于尽责。我们先来看看"责任"二字：教师是一份良心职业，一份关系到千千万万个家庭的良心职业。一个有责任心的教师，在于对自身工作的负责，更是对学生的负责——对学生负责就是要对全体学生负责。尊重每一位学生，平等地对待每一位学生，最大限度地发掘每一位学生的潜力，让每一位学生都能幸福健康地成长。"尽责任，得快乐"，那为师者的快乐又在哪里？把每一位学生往适合他的方向发展，这就是为师者的快乐。皂市镇中心学校的校长、教师们可敬可佩，就在于他们在教学繁忙、收入有限、额外付出、纯属奉献的情况下，没有产生一丝的推脱和拒绝，带着"尽责任，得快乐"的价值取向，"事不避难，义不逃责"地肩负起常人看来超越常理的责任。由此可见，他们是快乐的，这种快乐是一种早已超脱于物质的精神快乐。

或许他们没有渊博的教学知识，或许他们没有先进的教育理念，或许他们只是大山深处普通得不能再普通的以教书为生的一群人，然而有些东西早已在他们内心深处生根发芽、彼此传递，通过大山的呼唤，通过信仰的践行，造就了他们平凡中的不平凡。

常德安乡县教师进修学校教师黄大举：

传大道当有义工之精神，育人之道更当有此精神。教育本身一旦与"利"字紧紧相拥之后，其教化传道的功能便会大大减退。所以我看到穷教育背景下感恩师德的多，高价辅导背景下感恩师德的少。为什么呢？因为过去虽穷，但老师很真，师德很高。现在条件虽好，但他们认为是在用金钱买知识、买成功，他们与老师做的不过是等价交换而已。所以，做教育没有一点义工精神是不行的，我们的一次义教可能就是对一个孩子的一生大义，可能就是对民族的一次大义。师者，人人有义，国家怎能不强，民族怎会不兴！

常德鼎城周家店镇中学教师张杰：

责任与奉献，是一个成熟的人对自己内心和环境完全承当的能力和行为。正如马克思所说："作为确定的人，现实的人，你就有规定，就有任务。"一名人民教师，我们的责任无处不在，如果没有责任意识，就不会明白自己的职守，不会明确自己肩负的历史使命，也就办不好教育。因此，我们必须知责任、明责任、负责任、尽责任。同样，如果没有奉献精神，我们就

不能在工作中找到乐趣，就不能切实感受到自身的价值。所以，我们要为学生奉献，为家长奉献，为社会奉献，为国家奉献。

从事教师职业就不能斤斤计较个人名利，而必须具有自觉地把自己的全部知识、才华和爱心奉献给学生和事业的决心和勇气。"春蚕到死丝方尽，蜡炬成灰泪始干。"这句

诗深刻地诠释了教师的奉献精神。

选择了教师这份职业，就意味着把自己的人生价值和为教育事业而奉献的人生信念联系在了一起。十年树木，百年树人，树人的事业比树木要付出更艰辛的劳动，更需要我们忠于职守，热爱本职，敬业爱岗，乐于奉献，为实现培育人才的目标而奋斗。

武陵区北正街小学教师张丕香：

教师职业的特殊性决定了教师一定要有奉献精神，教师以德育人，以自己高尚的情操去引领学生的成长。一个品德高尚的教师，他的教育的影响力是巨大的，孩子们会心悦诚服地遵从其教诲，从而树立正确的学习观、人生观。可以想象当杨帆的同学们知晓这样的事迹后，他们的身心将会被注入怎样的一种活力，在杨帆的身上，他们感受到学习的动力；在教师们的身上，他们沐浴到一种神圣的爱的光辉。他们怎么会不亲其师而信其道？九位教师的送教行动犹如一缕缕甘泉，洗涤了人们心头的尘埃，重铸了教师这一职业的光辉形象。

当今社会，个别教师的有偿家教使教师的形象蒙上一层尘垢，教师和家长之间的关系也变得微妙起来。家长们一方面诟病教师的有偿补课，一方面又担心自己的孩子掉队，在此矛盾的基础上也加入补课行列。有偿补课，给学生家里带来沉重的负担，产生了不良的社会影响，更为教师这一天底下最光辉的事业蒙上一层尘埃。

我还记得，小时候生病，落下不少功课，金老师每天来我家为我补课。多少次，母亲留他吃饭，他从来都没有端过碗。每次补完课，暮色早已降临，归家的路总是稀星相伴。从那时开始，我立下一个志愿——长大了成为像金老师那样的老师。而今，我已身为一名光荣的教师。一直以来，我也践行着金老师的为师之道，热爱教育，热爱学生，规范自己的从教行为。

愿我们所有教师都以这九位教师为榜样，真诚地热爱教育事业，热爱学生，以教书育人为己任，坚决抵制有偿家教，真正还教育一片净土！

常德鼎城许家桥中学教师罗建民：

教师到底要怎样才能算是尽职尽责，是在45分钟尽忠职守？是在下课后给学生开小灶？还是在假期紧盯学生的学习？这些都是，但还不够，我们还要像石门县皂市镇的这九位教师一样，真正把教育当成一份事业而不是职业。

如今，教师中的绝大多数都是恪尽职守，披星戴月，早起晚归，但有极个别教师忘记了职业操守，不仅没有把教育当成一份事业，就连职业都做得不够。在课堂上不是兢兢业业，而是敷衍塞责，对学校安排的工作挑三拣四，对学生的学习成绩、品德修养漠不关心，但周末却忙得不可开交，热衷办收费辅导班。有些教师尤其是班主任竟然多方做工作，甚至强迫学生补习，这简直就是枉为人师。这些所谓的教师对比石门县皂市镇的九位教师，不觉得心中有愧吗？

邓小平同志曾经指出："一个学校能不能为社会主义建设培养合格的人才，培养德智体全面发展、有社会主义觉悟的有文化的劳动者，关键在教师。"

习近平总书记在《做党和人民满意的好老师》中说："教师重要，就在于教师的工作是塑造灵魂、塑造生命、塑造人的

工作。一个人遇到好老师是人生的幸运，一个学校拥有好老师是学校的光荣，一个民族源源不断涌现出一批又一批好老师则是民族的希望。国家繁荣、民族振兴、教育发展，需要我们大力培养造就一支师德高尚、业务精湛、结构合理、充满活力的高素质专业化教师队伍，需要涌现一大批好老师。"

中共中央提出"乡村振兴战略"，在中央人民广播电台经济之声主办的《大国新时代》系列报告会上，国务院扶贫办综合司司长苏国霞说，除把产业扶贫作为稳定脱贫的主要途径外，精准扶贫重点在于"扶志"与"扶智"。不管是"扶志"还是"扶智"，教育都要先行。教育要先行，就要有一大批真心扎根乡村的好教师，就要有一大批不为名、不逐利的好教师。

星星之光汇集成火

当升学率被量化，当学生座位按成绩编排，当择校热白炽化，当孩子可爱的面孔虚化成一串串冰冷的分数，当琴棋书画弹跳唱从娱乐身心的需求而化身为需要金钱购买的技能，当大家急切地在"985""211"间衡量比对，我们的教育，还能给学生传递家国情怀吗？还能为社会培植责任担当吗？还能为未来储备力量支撑吗？

2018年6月21日，教育部部长陈宝生在新时代全国高等学校本科教育工作会议上说，要推进本科教育回归常识、回归本分、回归初心、回归梦想。其实，不仅高校教育需要"回归"，基础性的义务教育更需要"回归"：回归常识，就是学生要刻苦读书学习；回归本分，就是教师要潜心教书育人；回归初心，就是学校要倾心培养建设者和接班人；回归梦想，就是教育要倾力实现教育报国、教育强国梦。

石门县皂市镇中心学校九位教师义务送教的故事，便让人看见了教育回归的光亮，看见了教育初心的纯真。但仅仅大山深处的这一缕光，还不足以照见更多人前行的方向，唯有更多的光亮，星星点点，积聚成火，方能让人有信心预见一个更好

的未来。

常德汉寿县教育局黄彦文：

在众多的教育故事里，九位教师和一名学生的故事为什么显得那么特别？因为这细小的故事里，传递出来的是九位人民教师对教育不曾更改的赤诚忠心，是一名少年身患重疾却对美好生活不曾绝断的渴求，是我们生活中最暖人心的温情与执念，它们唤醒了我们执鞭从教的美好初心。

我的心底也有这样一个小故事，它从某种程度上激发我选择当一名光荣的教师。20多年前，我还在读小学时，隔壁班

来了一名特殊的女生，先天性下肢残疾，靠拄拐艰难前行。我们的学校在山上，天晴尚好，她能在家人的陪伴下一步一步爬上山来。下雨就惨了，裸露的黄泥特别滑，一不留神就摔个四脚朝天。我们这群小猴子，大都练就了敏捷的身手，小心地从泥路旁的草堆上踮脚跳过，平安来到学校。但是，她拄着双拐如何能行呢？

老校长知道这件事后，很快组织全校高年级师生组成了一支特殊的"护送队"，每天两人轮流值班接送。这个"护送队"工作了很久，直到我们毕业。没有讥笑，没有报偿，我们每次去执行任务，都有热血澎湃的自豪感。那时候没有网媒，没有手机拍照，一切都默默发生着，没有人表扬我们的善行，没有上级组织嘉奖老校长的仁义，我们认为这就是一件理所当然的小事。这件小事，它永存在我的心底，保留着我对教育事业的美好印象。我相信，万万千千同龄人，他们心中一定有许许多多的温情小故事。

2017年，在我身边也有这样的故事。汉寿县职业中专美工专业学生胡蝶，先天性聋哑，但求学不辍。她有一个从小学到初中一直伴随着升学的"老铁"，懂手语，懂她的眼神，是她的随身翻译。职校的同学们说话的时候特别注意口型；职校的老师上课的时候，哪怕是一个细小的词，都写在黑板上。这一切，只因为班级里有了一个特殊的"1"。

在石门山村悄悄上演的小故事，来得多么及时！教育应当是有温度的，学校应当是温暖的，老师应当是我们心中一隅永远不会抹却的温馨身影。

教育，不仅需要大数据，更需要这些充满温情的"小动作"。

常德市六中校长程光明：

石门县皂市镇九名教师与一个孩子的故事，在教育系统刮起了一股强劲旋风。

怎样才算一所好学校？当然是条件好、管理好、质量好，老师教书育人，学校立德树人。这是大方向，大目标，也是主管部门与社会评价学校的不二标尺。但站在学生的角度而言，什么样的学校才算好学校呢？对学生好，真心的好，无关名利，念从心出，让学生在人生初始时期就能感受学校的关怀与爱，并带着这份关怀与爱一路前行，便是最好的学校。

每一个孩子都有接受良好教育的需求，每一个孩子都有成长的权力，每一个孩子都有独特的人生。对他们好，让他们接受适合的教育，让他们获得成长，让他们更好地走向未来，是我们的责任与使命，也应是我们办学的初心所在。然而，从目前情况看，我们做得还远远不够。特别在教育评价已然固化的背景下，我们深陷与同类学校甚至优质学校拼分数、拼时间、拼消耗的泥潭而不能自拔，老师教得辛苦，学生学得艰难。不如让我们的目光越过拼分数这座"险峰"，给学生以分数之外更适合的东西，让他们获得"拼分型"学校所得不到的收获。比如，下大力规范办学行为，将锻炼、活动与睡眠时间还给学生，如果考不上大学至少还有一个好身体；比如，真正下大力办好一批学生喜爱的特色社团，把大部分学生从"集体战车"的捆绑中解放出来，让他们走进社团，发展兴趣爱好，培养动手能力，收获另一种成长；比如，大力引进省内外应用型高校单招计划，引导家长与学生理性选择，让学生从高考独木桥上走下来，另辟人生阳关道。这何尝不是一种更深重的关怀与爱呢？

　　石门义务送教老师的事迹，让我们在拥抱新时代的进程中充满信心与力量。我希望我们的学校有这样一个美好的局面：这里是成长的沃土，有温暖、公平和有爱的教育，让每一粒种子都能生根、发芽，开出理想的花朵；这里是青春的乐土，有学习的平台，有成长的舞台，有张扬的个性与奋斗的汗水，能让孩子们度过难忘的青春岁月；这里是人生的净土，挡世风于外，去"烟火"于内，有良师，有益友，有关爱，有尊严，有良好的人际，有自由的呼吸，有从容而有趣味的生活。若果如此，真好！

常德鼎城一中教师胡蓉：

教师要有家国情怀。有家国情怀的教师，对于学生能起到很好的示范作用。现在部分学生缺境界，缺视野，并不缺智慧。学习动力如果建立在为国家、为人类社会作出贡献的境界，比只为个人的升官发财为目的强得多。如果境界低，眼光低，即使他会取得暂时的高分，也不能长久，最终成不了大器。让我们培养的学生能"心存感恩之情，身行感恩之举"，能具有爱国之心、报国之志、反哺之情。

教师要有定力。何谓定力？它是指在思想上、政治上排除各种干扰、消除各种困惑，坚持正确立场，保持正确方向的能力。在平时的教育教学过程中不时听到一些消极被动甚至让人丧失斗志的言论，而我们就要学会分辨，不断增强教育教学上的定力。那么，如何增强定力？可以多想想作为一名教育者的初心。教育的初心不是升官发财，而是立德树人。

常德鼎城武陵小学教师刘雅琴：

教师要公平地对待每一位学生。我曾经读过这样一篇文章《坐在最后一排》，主人公乔小叶个子很矮却被安排在最后一排，原因是她的学习成绩不好，没有资格坐在前排或中间位置，那是优等生的专有位置。乔小叶认为自己又丑又笨，没有人喜欢和她交往，逐渐形成了孤僻的性格，开始自暴自弃。可是幸运的是，一位姓白的语文教师改变了她的命运，在一次语文自习课上，这位教师及时表扬了她，唤起了她的自信心，她开始努力，并在一次小测验中取得了第一名的好成绩。"这世界上有最后一排座位，但不会有永远坐在最后一排的人"，当读到

这句话的时候，我心里一颤，在今天，是不是所有的教师对学生的爱都是公正无私的？因权势而爱，因门第而爱，因金钱而爱，相互利用的爱是不是在我们的教师当中存在着？对于那些暂时落后的学生，我们是不是给予了他们与优等生同样的爱？教师对学生的爱应是纯洁的、公正的，不能有半点的虚情假意和矫揉造作。教师应该努力发现他们身上的闪光点，创造一些表扬他们的机会，多给他们一些温暖，或许，一个鼓励的眼神、一句温暖的话语能激起他们的信心，成为他们前进的起点。在教师面前，每一个学生都是平等的，没有高低贵贱之分。教师对所有的学生应一视同仁，让每一个学生都沐浴在师爱的阳光之下。

常德安乡县中心幼儿园教师刘亚慧：

石门县皂市镇义务送教教师沁人心脾的善举，如"南美热带雨林中的蝴蝶"，扇动翅膀，在教书育人的神圣领域，掀起一场空前的教育风暴。

学校的义务是什么，教师的职责是什么，学生的权益是什么？

师德是什么，集体智慧是什么，求知若渴是什么？

困难是什么，策略是什么，坚持是什么？

这些看似抽象的问题，将在这场讨论风暴中日渐清晰！

曾几何时，我们意气风发，许誓言要大展拳脚；可一旦纷扰将至，却丢盔弃甲，逃之夭夭。我们一定经历过因为迎接检查，做一些华而不实劳民伤财的事；我们也曾因为条件限制，放弃原则委曲求全；我们还曾因为待遇不公、酬劳不等彼此埋怨。但有一群人，默默无闻，总是行走在队伍的最前端，用最朴实无华的行动、最坚定的心，践行"什么才是真正的教育""什么才叫无愧于心"！我们悟到：原来困难虽在，但办法更多！心存善念，更要践行善举。一己之力不能解决的，集众人之力；一人之长不能涵盖的，博采众家。

说到底，教育是一场修行！味苦，却意义深远！只有将杂念抛之脑后，守住内心"教书育人"的初心，耐住清苦，领着一群人朝着心中的"真善美"去攀、去拼……总有一天，拨云见日，那份全力以赴的释然，定会让你内心充盈。

一心一世界，一念一天堂。今天，"蔡校长""万老师"等教师和身患重疾的小杨帆为我们谱写送教、苦学的动人事迹；不久的明天，一定会有千千万万的"蔡校长""万老师"会给困境中的学子带去温暖，千千万万的"杨帆"为了梦想不懈努力……因为，星火——可以燎原！

石门县皂市镇大山里的课堂，是所有人的课堂，它让如杨帆一样的患病学生看见了生活的希望，它让如胡寒松等义务送教老师们看见了师德的传承，它让如你如我的普通读者看见了教育的温暖，它更让千千万万为人师者看见了前行的方向。

石门县皂市镇大山里的课堂，是无数爱心课堂的缩影，皂市镇中心学校校长杨万庆便曾说："为学生义务送教，并不是第一次，也绝不是只有他们一所学校这样做，无数具有责任心与良知的教师奔波在义务送教的路上，不曾被人报道。"像杨帆家这样的小课堂，早已如星星之火，在不少孩童心中

燎原。

上海，从10年前开始，15000余名高校师生和社会爱心人士成为兴家志愿者，为超过5000名困难家庭子女送教上门16万余次。

湖南省桂东县，从2017年开始，300名老师组成义务送教小分队，为全县48名残疾学生送教上门。

2017年5月3日，河北省大城县女孩邵佳瑶家中，邢淼老师送教上门。

2017年9月15日，四川省峨眉山彭强则家中，彭贤辉老师送教上门。

2018年5月2日，安徽舒城县学生小鲁的家中，特殊教育学校老师送教上门。

2018年5月18日，云南省勐腊县勐捧镇学龄残疾儿童小岩的家中，勐润小学教师送教上门。

……

为孩子的心灵雪中送炭，给孩子的道路洒满阳光，让孩子的脸庞舒展笑颜。一个都不能少，每个梦都要圆，幸福小康的大道上，谁都不能落单。

在教育扶贫的路上，无数教师，已在挥写，并将继续写就生命对生命的——庄重承诺！

湖南省常德市石门县皂市镇岳家铺村杨帆家的小课堂，温暖仍在延续。

历史课还没有结束。

"杨帆，你的名字，寓含了我们对你的希望。你能战胜自己吗？"胡寒松等着杨帆的答案。

　　"老师，我渐渐懂了，失望、悲观都是没有用的，那只能更加让我丧失活下去的勇气。我以前确实想过放弃，感觉命运对我太不公平，为什么生病的偏偏是我？为什么别人能跑能跳我却不能？为什么？为什么？那时我会有太多的为什么。现在，我不想再去问这些了，只想好好努把力，创造生命的奇迹。"杨帆明亮的大眼睛里，闪烁着别样的光芒。

　　拄着拐杖，杨帆走到黑板前，拿起粉笔，一笔一画工工整整写下："杨帆，扬起希望的风帆。"

　　粉笔划过黑板，发出"嚓嚓"的声音……

感恩遇见

看着2018年的日历一页页翻到最后，2019年的日历又一页页地飞过，我以着宁静之心告别岁月。没有了年少挥别时光的慌乱与难堪，也没有了徒然的不舍与挽留。时光的积淀，留给我的，不仅仅是不断增长的年纪，更有一颗日渐丰盈的心。

这份丰盈，来自尘世真善美的滋养。接触的人、遇见的事总能让我触摸到人世间的温暖。这股温暖透过笔尖，我想告诉更多人。2018年1月18日，沿着一条弯弯曲曲的山路，我第一次走进石门县皂市镇中心学校送教小分队的故事，走进患病女孩杨帆的故事。在随后的日子里，我又多次行走在那条山路上。路，成了隐藏在《大山里的小黑板》字里行间的一个物像：因为一场病，求学之路中断；教师义务送教上门，求学之路连通；教师送教，点燃孩子希望之火，女孩心灵之路变得亮堂；教师送教，更唤醒了更多为人师者的教育初心，心中有信仰，脚下有力量，他们的职业之路走得更加坚定。这条路，是爱的长路，将皂市镇中心学校与杨帆的家紧紧连在一起。这条路，又犹如一条脐带，将山外的精彩与生命的希望，源源不断地输送给病中的女孩杨帆，给她以无限的力量支撑。这条路，更是中国教育扶贫之路的缩影，道路曲折，行走艰难，但是许许多多如杨万庆校长、胡寒松老师一样的人，不曾惮于前行，不曾惧于阻力，不曾畏于风雨，一路播撒着希望与阳光。杨帆是幸运的，我们更希望这份幸运，不再是某一个不幸学子偶遇的幸运，更是所有困难学子都能轻易把握住的幸运。在有偿补课红火的当下，九位教师坚持义务送教上门，他们是崇高的，我们更希望这份崇高，不再是某些优秀教师特有的精神内涵，更能成为一个行业的共同坚守。

这份丰盈，来自文字百花园的熏陶。多年来，我已经养成一个习惯，每天都会将所遇见难忘的人与事、内心涌动的感触，植在文字的百花园里。我如一个怀旧的收藏家，珍藏着长长短短的抒情、深深浅浅的吟唱，却不曾去想这些文字将来会开出什么样的花。2018年夏，常德市文联的刘琼华联系我，希望能为义务送教小分队写一篇长篇报告文学。那时，我心里还没有底。打开电脑，发现文字的百花园里，关于石门送教故事的文字记录，犹如拔节而出的笋，竟不知何时起，已经逐渐长成了一片林。这时，我才有信心接受这个任务。精心根植文字的过程，其实是辛苦的，一遍遍地培土，一次次地翻耕，一轮轮地推翻重来。尽管辛苦，我却十分喜欢这特有的"耕读"生活，心怀欢喜，采摘一路上美好的遇见、感人的片段，晾晒成一串串文字，挂在记忆的枝头。不问收获，自有收获。

这份丰盈，更来自尚学古民风的浸润。常德曾为荆楚之地、蛮荒之所，古称"武陵蛮夷郡"，但在尚学民风的浸润下，沅澧大地，书院兴盛，书香四溢。有史可查、常德境内最早的书院，便是建于我的家乡——古澧州、今澧县的文山书院，这也是全国现已查到的唐代49所书院之一。文山书院比全国四大书院之首的岳麓书院，还早了100年以上。文山书院始建于城南仙眠洲上，那里曾是唐代诗人李群玉"从此静窗闻细韵，琴声长伴读书人"的读书之所。李群玉，字文山，澧州人，"居住沅湘，崇师屈宋"，其诗有着屈原、宋玉的风骨。文山书院前后经历了大约400年。儿时，仙眠洲一带曾是我从家到小学学堂的必经之地。直到成年后，才知晓年幼的自己曾经是多么幸运，一次次亲近一位诗人的故里，一遍遍踏寻一所书院的历史，尽管那时不曾有所感悟，但是一定有什么，如空气一般，为我沐浴。时至今日，仙眠洲高楼林立，"文山"踪迹难寻，但是，我们仍能在清末民初澧州文人周春华为文山书院撰写的一副楹联里，看见它的盛况：漠地拥高台，过仙洲第二滩，平分片席吟风月；晚唐多秀才，读石室五千卷，别有新诗上相台。除了文山书院，我的家乡还曾有澧阳书院、溪东书院、车渚书院、学殖书院、延光书院、道溪书院、怀德书院、崇实书院等。澧县如此，常德其他县市也同样有不少书院。清代著名政治家、学者、湖湘经世学派创始人陶澍曾主讲澧阳书院，并为书院留有一联：台接囊萤，如车武子方称学者；池临洗墨，看范希文何等秀才。北宋著名政治家、文学家范仲淹幼年时曾在澧州求学，"效囊萤于早岁，诵读弥勤"，断齑划粥，挥毫泼墨，终成大器。人们为纪念范公并激励后人，为他洗笔清砚的池塘取名洗墨池。中学时代，我家搬迁，从仙眠洲附进搬迁至洗墨池居委会，这又是何其的幸运，李群玉的诗韵与洗墨池的文脉，共同给我最好的浸润。如今，陶澍曾讲学的"澧阳书院"成了现代学堂，更名为"澧县第一中学"。名称在变，不变的是继承中华民族崇尚知识的优良传统、吮吸范公书墨清香、仿效车公囊萤之风

的治学精神。中学时代，我家就坐落在澧县第一中学老城墙根下。每年春季，老城墙上都爬满迎春花。等迎春花开到第六个轮回时，我离开家乡，外出求学。花儿的娇嫩喜庆，城墙的青苔斑驳，砖缝里藏着的无言故事，城墙内的琅琅书声，不远处的洗墨池塘，池塘上架起的状元桥，一次次地进入我的梦境。参加工作，回到家乡，重新解读家乡文化，惊喜地发现，原来，在常德人的心里，烙着一枚篆刻着"车胤囊萤夜读、范文正公洗墨"刻苦治学精神的"常德印"。而一次次在梦里，与我不期而遇的风景，其实就是这枚具有地域标志的"常德印"。当心怀着这枚特有的城市文化印，我更理解了皂市镇九位乡村教师送教的精神内涵，更读懂了患病女孩杨帆对知识的热切渴望，更明白了他们的故事便是尚学古风得以传承的时代表达。

感谢您能翻开《大山里的小黑板》，在袅袅书香里，陪伴着我，追寻尚学之风，解读凡人善举，思索教育初心。我曾感动过，文字里隐藏着我的泪滴与微笑。也许，您会在某个页码、某个片段里，寻找到我落泪的痕迹、微笑的声音。如此这般，便更是我与您，最好的遇见。

感恩这份遇见。